通识书系·重拾民国经典

论 诗

蒋伯潜 蒋祖怡 ◎ 著

首都经济贸易大学出版社
·北京·

图书在版编目(CIP)数据

论诗/蒋伯潜,蒋祖怡著.—北京:首都经济贸易大学出版社,2012.6

(通识书系·重拾民国经典)

ISBN 978-7-5638-1527-2

Ⅰ.①论… Ⅱ.①蒋…②蒋… Ⅲ.①诗歌史—中国 Ⅳ.①I207.209

中国版本图书馆 CIP 数据核字(2012)第 036140 号

论　诗

蒋伯潜　蒋祖怡　著

出版发行	首都经济贸易大学出版社
地　　址	北京市朝阳区红庙(邮编 100026)
电　　话	(010)65976483　65065761　65071505(传真)
网　　址	http://www.sjmcb.com
E - mail	publish@cueb.edu.cn
经　　销	全国新华书店
照　　排	首都经济贸易大学出版社激光照排服务部
印　　刷	北京市泰锐印刷有限责任公司
开　　本	880 毫米×1230 毫米　1/32
字　　数	210 千字
印　　张	9.375
版　　次	2012 年 6 月第 1 版第 1 次印刷
书　　号	ISBN 978-7-5638-1527-2/I·10
定　　价	28.00 元

图书印装若有质量问题,本社负责调换

版权所有　侵权必究

给年轻读者编选的民国学术、文化普及读物
——"通识书系·重拾民国经典"出版总序

  这是一套给年轻读者编选的民国人文社会科学方面的学术、文化普及读物。她着眼于将民国那些虽经岁月沉浮,仍不掩其辉的人文社会科学学术、文化普及图书汇而成集,精编细校,统一装帧,以丛书形式陆续重印、推出,目的在于使高中以上文化程度的非专业读者都能够体验民国学术的趣味,感受民国学者的治学风范。

  人文社科学术普及读物和学术专著虽然在专业性、受众面等方面有较为明显的区别,但二者对学术积淀、学科发展和文化传承的重要性并无高下之分。相对于学术专著而言,普及读物更带有"通识"的性质,尤其是那些兼具思想性、学术性和可读性,易于为社会公众理解和接受,凝聚着一代学界名流学术素养和研究心血的文化精品,其价值更是自不待言。有鉴于此,注重选题的科学与文化内涵,突出选题内容的可读性和普及性,自然成为贯穿于这套"通识书系·重拾民国经典"丛书出版全程的编辑思想和出版理念。

  当然,出版这样一套涵盖众多重要或传统学科门类的丛书,无论是作者、书目、版本的选定,文字的校勘,抑或用当今读者熟悉的简体字横排方式整理、排版,都是一项艰苦细致的工作,何况厘清民国相关出版物的出版脉络、寻找民国相关图

书的底本或线索并不是一件轻而易举的事。我们由衷期望能够得到更多专家学者和广大读者朋友对我们这项工作的关心、指导和帮助,鞭策我们把这套丛书做好。

我国已故著名历史学家、社会活动家周谷城先生在他生前,即20世纪八九十年代主编的"民国丛书"(民国学术著作影印版大型丛书)序言中曾经这样写道:"民国时代,中西文化交流,新旧思想冲突,产生了许多学术著作和历史资料。'五四'时期及其后的一段时间里,中国几乎变成了世界学术的缩影,各种主义、党派、学派、教派纷纷传入,形形色色,应有尽有。一个时间,中国历史上出现了春秋战国以后的又一次百家争鸣的盛况。在学术思想界、文化教育界,产生了许多前所未有的代表人物和代表著作,呈现出空前繁荣的景象。"我们期许,收入"通识书系·重拾民国经典"中的这些作品,能够成为当今读者特别是年轻读者接近乃至步入经典、了解历史与文化的桥梁,成为领略民国时期学术文化风景的窗口。

写在前面

　　蒋伯潜(1892~1956),名起龙,浙江富阳县新关乡人,著名学者、教育家。六岁丧母,曾在杭州开泰钱庄当学徒。1907年考取杭州府中学堂,1911年以第一名的成绩毕业。因经济拮据,回乡任小学教员四年,1915年考入北京高等师范学校国文系,开始接受钱玄同、胡适、马叙伦、鲁迅等人的启迪和熏陶。1919年毕业后,因祖母新丧,家遭变故,回浙江辗转于省立第二中学、第一中学、第一师范、女子中学诸校任教,逐渐成为当时浙江之名师。1927年任《三五日报》主笔后,文名鹊起。抗日战争爆发后,曾任教于上海大夏大学、无锡国学专修学校,同时兼任世界书局特约编审。上海沦陷后,回家乡在富阳县立中学任教。抗日战争胜利后,任上海市立师范专科学校中文系主任。1948年出任杭州师范学校校长。中华人民共和国成立后,任浙江图书馆研究部主任。1955年秋,调任浙江文史馆研究员。

蒋伯潜先生文思敏捷，于经学、文学，均有很深造诣，所著《十三经概论》、《经学纂要》、《校雠目录学纂要》、《诸子通考》、《诸子学纂要》、《文字学纂要》等，颇为学界所重。近年来，英国皇家图书馆、美国纽约图书馆和日本弘前大学图书馆等国际著名图书馆，纷纷函索他的遗著。蒋伯潜先生的著述在国际学术界已有一定的影响。

蒋祖怡(1913～1992，蒋伯潜之子)，1937年毕业于江苏无锡国学专科学校，历任中学国文教员，上海世界书局编辑、编审，1946年任上海市立师范专科学校中文系副教授，1947年转入国立浙江大学中文系任教。中华人民共和国成立后，先后任教于浙江大学中文系、浙江师范学院中文系、杭州大学中文系，曾任浙江师范学院、杭州大学中文系副系主任。"文化大革命"十年动乱期间，备受迫害与摧残，损腰折齿，藏书与手稿全部被抄，因而两度中风，致半身不遂。虽遭此劫难，却身残志坚，仍坚持治学，埋头撰述。

蒋祖怡先生存学深思，勤于笔耕。著有《文章学纂要》、《史学纂要》、《诗歌文学纂要》、《中国人民文学史》、《王充卷》、《文心雕龙论丛》、《文则》、《罗隐诗选》、《钟嵘诗品笺证》、《全辽诗话》等。

蒋伯潜、蒋祖怡父子合著的著作计有《经与经学》、《诸子与理学》、《骈文与散文》、《小说与戏剧》、《论诗》、《词曲》、《章与句》、《字与词》、《体裁与风格》等十余种，其中，《骈文与散文》、《小说与戏剧》、《词曲》以及前述蒋祖怡先生所著《文章学纂要》、《史学纂要》、《诗歌文学纂要》这六种专著现均流行于台湾地区,有的重印十次之多。

《论诗》1946年由上海世界书局初版,1947年2版,1948年3版;原书名为《诗》,1986年广东人民出版社再版时改名为《论诗》。现在我们将其纳入"通识书系·重拾民国经典"系列图书,重新予以编排出版。此次出版,在文字上,我们以1948年版为底本,同时参考1986年版本,对书稿进行校订加工。编校过程中,除了纠正书中个别明显错讹,还对原书与现行标点符号规范用法不同的少量标点符号作了改动。

蒋伯潜先生之孙、蒋祖怡先生之子蒋绍愚(北京大学中文系教授)、蒋绍忠(浙江大学管理学院教授)等先生为我们重新出版蒋伯潜先生、蒋祖怡先生之遗著给予了热心的支持和帮助,在此谨致谢忱。

目　次

1	第一章　诗的起源
13	第二章　诗的本质及其定义
29	第三章　诗经与楚辞
45	第四章　"四始""六义"与后来的影响
59	第五章　古诗的发生
75	第六章　古诗的演进
87	第七章　古乐府与新乐府
105	第八章　唐代近体诗的成立与漫盛

121　第九章　宋诗与清诗

137　第十章　欧洲诗史

145　第十一章　新诗的创作与译作

159　第十二章　旧诗的类别

179　第十三章　文字上的修饰与安排

193　第十四章　从诗的用韵说到诗韵

203　第十五章　诗的音乐性和诗的声津

217　第十六章　对偶与诗句的变化

229　第十七章　格式与结构

249　第十八章　典故与性灵

265　第十九章　中国诗的批评

279　第二十章　旧诗之病与诗的新途径

第一章
诗的起源

诗是文艺中产生得最早的作品。在未有文字以前,已有了口头文学——诗歌——了。诗歌发生的原因,各说不同。伊科维兹以为原始人类在劳动时,伴着一种有韵律的歌,即是诗歌的起源,在 Botocados 地方的未开化民族之歌词中,有许多是因得着食物而欢欣的歌词。E. Casalis 的 Les Baggontos 族有这样的话:"水手合着自己的楫的运动而歌;挑夫一面走,一面唱歌;主妇在家里,一面舂东西,也一面在唱歌。"波格达纳夫在《新艺术论》中也说:

> 诗歌开始于人类语言发蒙的时候,陪伴着原始人的努力之自然的呼声,是字句的胚胎。这些呼声由动作中产生出来的。它们正是动作之自然而明白的表示,这些劳动的呼声,即成为劳动歌的根源了。唱歌不单是一件娱乐的事,当人们在劳动的

时候,歌唱可以使他们联合努力,给他们以和谐与一种节奏……诗歌第二个根源是神话,神话也是一般知识的开端。……诗歌里,初步的暗喻常常保存着,自然的人格化,依旧是诗歌最重要的方法。

但是除了"神话"和"劳动"以外,诗歌发生的原因实在很多很多。一种是男女爱情的媒介,也是性的引诱。生物中性的引诱,大抵从他们自己身体上的一种官能的美感所发生的,像雄鸡羽毛的美丽,啼声的雄亮,足以引诱雌性的追求;又如雌猫在春天会发出歌唱似的鸣声,以引起雄者的注意。原始人类利用舞蹈来作引诱之外,更利用歌唱来表示成功失败或引诱的。在民歌里也保存着这种原始的歌谣。例如苗、傜民族的情歌:

金龙族,日夜相思路难通,寄歌又没亲人送,寄书又怕人开封。

六朝时的《子夜歌》也实在就是当时的情歌:

碧玉破瓜时,郎情为颠倒。感郎不羞郎,回身听郎抱。
宿昔不梳头,丝发披两肩。腕伸郎膝上,何处不可怜?
览枕北窗卧,郎来就侬嬉。小喜多唐突,相怜能几时?

《诗经》中也有许多恋歌,诗序上说它是讽刺,其实完全是误解的,现在也选一首来举例:

> 溱与洧,方涣涣兮。士与女,方秉蕳兮,女曰:观乎?曰:既且,且往观乎?洧之外,洵訏且乐。维士与女,伊其相谑,赠之以芍药。
>
> 溱与洧,浏其清矣。士与女,殷其盈矣。女曰:观乎?士曰:既且,且往观乎?洧之外,洵訏且乐。维士与女,伊其将谑,赠之以芍药。

第二种原因是喜悲的抒发,原始人类有喜怒哀乐之情,便随意哼出来,变成诗歌。所谓"情动于中,而形于言",这完全是自然的流露,和后来的诗的"口占一绝"不同。抒情诗,便是这样产生的。蔡元培说:

> 他们的歌词,多属于下等官能的范围,如大食大饮等。关于男女间的歌也很少说到爱情的,很可以看出利己的特性,他们总以为是自己命运发感想;若是与他人表同情的,除了惜别与挽词,就没有了他们的同情,也限于亲属,一涉外人,便带有注意或仇视的意思。他们最喜欢嘲谑,有幸灾乐祸的习惯;对于残废的人,也要用诗词嘲谑他。偶然有出于好奇心的,如澳

人初见火车的喷烟与商船的鹢首,都随口编成歌词。他们对于自然界的伟大与美丽很少感触,这是他们过受自然压制的缘故。维依士企摩人有一首诗描写山顶层云的状况,是很难得的。他的大意如下:"这很大的珂纳克(Koonak)山在南方,——我看见他;——这很大的珂纳克在南方;——我眺望他;——这很亮的闪光,从南方起来,——我很惊讶。——在珂纳克山的那面,——他扩充开来——仍是珂纳克山——但用海包护起来了。看啊!云在南方是什么样子?——滚动而且变化;——看啊!云在南方是什么样子?——交互的演成美观。——山顶所受包护的海,——是变化的云;——包护的海,交互的演成美观。"

第三种是崇扬战争的缘故。原始人们无日不在争斗中,尚武是普遍的现象,诗歌因鼓励战争或崇扬战争而产生了。这和蟋蟀在战斗时或战胜以后的鸣叫是同样的原理。例如蒙古的民歌里有这么一首:

可汗如太阳,高高生东方,威德之所被,煜为天下光。部属如草木,小丑如冰霜,草木日以长,冰霜日消亡,太阳有出没,可汗寿无疆。

南北朝时,北方的歌词,也有尚武的精神,如《企喻歌》、《琅玡王歌》以及《折杨柳歌》等等,例如《折杨柳歌》的:

遥看孟津河,杨柳郁婆娑。我是虏家儿,不解汉儿歌。

健儿须快马,快马须健儿。跶跋黄尘下,然后别雄雌。

杜甫的前后《出塞》也是仿效的作品。在《诗经》里,《秦风》的《无衣》也是一首尚武的民族歌谣。

岂曰无衣,与子同袍;王于兴师,修我戈矛,与子同仇。
岂曰无衣,与子同泽;王于兴师,修我矛战,与子偕作。
岂曰无衣,与子同裳;王于兴师,修我甲兵,与子偕行。

第四,是起源于祀神时的媚神用的歌词。祀神的时候,一面舞蹈,一面嘴里哼着曲子,原始人类对于自然的惊奇统奉之为神明,既然对它有了恐怖的念头,便不得不媚之以歌舞了。这种舞曲,一方面是祈祷的话,又一方面是历史的再现,这是史诗与剧诗的起源。蔡元培在《美术的起源》中又说:

有些人说诗歌是以史诗起的,这不过因为欧洲的文学史,从荷马的两首史诗起,不知道荷马以前,已有许多非史的诗,不过不传罢了。大约史诗的发起,总在抒情诗以后。澳洲人与

Minoopic 人的史诗,不过参杂节奏的散文,惟有依士企摩的童话,是完全按着节奏编的。普通游猎民族的史诗,多说动物生活与神话,依士企摩人多说人生。他们的著作都是单量的,是线的样子。他们描写动物的性质,往往说到副品为止,很少能表示特别性与奇异行为的。说人生也是这样,总是说"好的""坏的"这些普通话,没有说到特性的。说年长末婚的人,总是可笑的;说妇人总是能治家的;说寡妇总是慈善的;说几个兄弟的社会,总是骄矜的、粗暴的、猜忌的。

又说:

多数美术史家与美学家,都当剧本是诗歌最后的产物,这却不然,演剧的要素,就是语言与姿态同时发表,要是用这个定义,那初民的讲演就是演剧了。初民讲演一段故事,从没有单纯口讲的,一定随着语言,做出种种相当的姿势,如布西曼人遇着代何种动物说话,就把口做成那一个动物的口式。依士企摩的讲演,述哪一种人的话,就学那一种人的音调学得很像。

这是祀神的诗歌的演变。祀神诗是史诗的先声,也是诗剧的先祖。祀祭歌先是祀神,再是祀人。《诗经》里的《颂》是祀祖宗用的,可见这时代已由祀神而转于祀人了。但汉代魏代的郊祭歌辞,也有祭山川的祀歌,这无疑是古代祀神诗的遗留。但是它的歌辞完全是颂扬和称赞自己功劳的话,当然质的方面也变了;量的方面也比原始时代更多了。

第五个产生的原因,因为韵语容易比散文记忆,所以原始人常常用韵语来做文字的。这形式到现在还保留,普通的民歌,常常是一种韵文,只取每句的尾音相近,所以容易记忆。例如小孩子看见下雨,便哼着"风来啦,雨来啦,老和尚捐了鼓来啦。"其实,初看来"老和尚背鼓"与下雨没有关系,但仔细一想,所谓"鼓"乃是指"打雷"而言的,为什么不说"雷"而说"鼓"呢,当然是为了协韵,使孩子们容易记诵和歌唱。同时古代的谚语也是韵文,因为人人传诵,非如此不能便于诵读的缘故。如:

众志成城,众口铄金。
少所见,多所怪;见橐驼言马肿背。

至于现在所通行的急口令都是此类。还有便于初学读的《三字经》、《千字文》、《百家姓》、《汤头歌诀》等等,也是为了韵文容易记诵而协韵的缘故。古代文艺最早的记录往往诗歌早于散文,往往歌诗多于散文,也是因为它已印入人们脑里而不容易忘掉的缘故。

以上这五种原因,综合的都是诗歌发生的理由。口头文学的时期一定是很长的,一定在未有文字的记载以前早已就盛行了。现在所录的古代歌谣,只不过十分之一罢了。中国前早的诗歌的总集是《诗经》,这里的东西,大致可靠,但据传说云云,在《诗经》以前尚有许多歌谣。《文心雕龙》的《明诗篇》中说:

  大舜云:"诗言志,歌永言。"圣谟所析,义已明矣。是以在心为志,发言为诗,舒文载实,其在兹乎?诗者持也,持人情性,三百之蔽,义归无邪;持之为训,有符焉尔。人禀七情,应物斯感,感物吟志,莫非自然。昔葛天氏乐辞,云《玄鸟》在曲,黄帝《云门》,理不空倚。至尧有《大唐》之歌,舜造《南风》之诗,观其二文,辞达而已。及大禹成功,九序惟歌,太康败德,五子咸怨,顺美匡恶,其来久矣。

葛天氏之乐,见于《吕氏春秋》,《云门》传为黄帝之乐,《大唐》之歌,据云是尧所作。舜作"南风之薰兮,可以解吾民之愠兮;南风之时兮,可以阜吾民之财兮。"(见于《孔子家语》)此外《吴越春秋》又载有《断竹》歌,称黄帝所做:

断竹续竹,飞土逐肉。

《礼记》所载更古的有神农氏的《蜡辞》:

土反其宅,水归其壑,昆虫无作,草木归其宅。

《礼记》成于汉,《吴越春秋》后人伪托,均不足据。此外夏商两代的歌辞,不见于《诗经》的,据书籍的记载尚有:

江水沛沛兮,舟楫败兮,四王废兮,趣归薄兮,薄亦大兮。
乐兮乐兮,四牡蹻兮,六辔沃兮,去不善而从善,何不乐兮。
(见于《新序·刺奢》,说是桀作瑶台,罢民力为酒池糟堤,一鼓而牛饮者,三千人,于是群臣作歌。)

麦秀渐渐兮,禾黍油油。彼狡童兮,不与我好兮!
(见于《史记》。说是箕子朝周,过殷墟感而作此。)

　　登彼西山兮,采其薇兮,以暴易暴兮,不知其非矣!神农虞夏忽焉没兮,我安适归矣!于嗟徂兮,命之衰矣!
(见于《史记·伯夷列传》,伯夷、叔齐不食周粟,饿死首阳山,采薇而食,及饿将死,乃做此歌。)

《新序》本书尚成问题,所以第一首的成立与否,尚不可知。《史记》所载的两篇,大致可以相信,不过司马迁去夏商甚远,传说是否可靠,也是一个疑点。再有周朝的歌谣,著名的尚有三首,不在《诗经》之内的：

沧浪之水清兮，可以濯我缨。沧浪之水浊兮，可以濯我足。

（见于《孟子·离娄篇》。）

佩玉蕊兮，余无可系之。美酒一篮兮，余与褐之父睨之。

（见《左传》哀公十三年。）

凤兮！凤兮！何德之衰？往者不可谏，来者犹可追。已而！已而！今之从政者殆而！

（见于《论语·微子篇》。）

这三篇大概是可靠的，但是这是口头的歌谣，经人传写出来的。我国真正的具有诗的条件的最古的诗集，当以诗经来作开端——这是中国在《诗经》以前的诗之概况。

诗的起源，大约最早的是抒情诗，抒情诗的领野最广，时期也最长。其次再是叙事诗，试翻开《诗经》来一看，十分之九是抒情的，除了《颂》的一类之外。稍后的南方文学《楚辞》也是抒情的居多。但是抒情记事已经混而为一了。且举几首《诗经》上抒情较好的例：

蒹葭苍苍,白露为霜。所谓伊人,在水一方。溯洄从之,道阻且长。溯游从之,宛在水中央。

蒹葭凄凄,白露未晞。所谓伊人,在水之湄。溯洄从之,道阻且跻。溯游从之,宛在水中坻。

蒹葭采采,白露未已。所谓伊人,在水之涘。溯洄从之,道阻且右。溯游从之,宛在水中沚。

(《蒹葭》)

坎坎伐檀兮,寘之河之干兮。河水清且涟猗。不稼不穑,胡取禾三百廛兮?不狩不猎,胡瞻尔庭有县貆兮?彼君子兮,不素餐兮!

坎坎伐辐兮,寘之河之侧兮。河水清且直猗。不稼不穑,胡取禾三百亿兮?不狩不猎,胡瞻尔庭有县特兮?彼君子兮,不素食矣!

坎坎伐轮兮,寘之河之漘兮。河水清且沦猗。不稼不穑,胡取禾三百囷兮?不狩不猎,胡瞻尔庭有县鹑兮?彼君子兮,不素飧兮。

(《伐檀》)

诗歌的发生,完全是自然的趋势,由口头文学而演变为笔记文学,也是时代演变的自然律。古代人们在文字未发生以前,用图画来当作文字，以口诀来便利记忆。有了文字以后便全用文字来表达了，其中也不能以优劣分的。传说中的那一首圈儿词，便是图画口诀联合的好例：画上先画一圈子，再画一个套圈，再连画几圈，再又画一圈，又画两圈，再画一个整圈，一个半圈，后面接着许多小圈，便成了一首词。

  相思欲寄从何寄？画个圈儿替，话在圈儿外，心在圈儿里。我密密加圈，你须密密知侬意。单圈儿是我，双圈儿是你，整圈儿是团圆，破圈儿是别离，还有那说不尽的相思，把一路圈儿圈到底。

  这和杭州富阳一带的故事相同。说是一个女子托人带给他丈夫三十六块钱，但是她不会写字，便在纸上画了四只狗。带钱的先将信偷看了，拿了三十块钱给她丈夫，她丈夫说："信上明明说是三十六块，为什么你只给我三十块呢？"原来"九"和"狗"同音，四九是三十六。这也是原始诗的一种形式。但后来诗人，却因此而大弄玄虚，像神智诗和回文诗，曲意为奇，这便误解了诗的本义。

第二章
诗的本质及其定义

诗言志,歌永言

(《尚书·舜典》)

诗者,志之所之也;在心为志,发言为诗,情动于中而形于言,言之不足,故嗟叹之;嗟叹之不足,故永歌之,永歌之不足,不知手之舞之,足之蹈之也。

(《毛诗序》)

诗是简单的、感觉的、热情的文字。

(Milton)

诗乃是人生的批评,而符合诗的真和诗的美之法则的。

(Matthen Atnold)

诗,是对于真美的力的一种热情之流露,而凭想象及幻想以表现并且说明它的观念,依照了变化和一致的原则以调节它的文字。

（Leigh Hunt）

诗的定义车载斗量,不可尽数,姑且选择比较恰当地写几个出来。可见各人的主观是多少分歧！大都人以为诗和散文是一个对称的名词,其实它们的质,有许多相同。所以单是依格律来辨别诗文是不够的,同时诗是艺术的一种,它也少不了文艺上所应有的特质,又因为它和音乐有关,所以也脱不了它的音乐性。至于它的功能也正和其他的文艺一样,是表现人生、批评人生的。再依文字的技巧来,说它常用比喻、借代、婉曲⋯⋯等等手法来表达作者的热情,但也有完全记事的。——这样复杂的性质,我们应该如何来替它定一个范围呢？据我的意见,想综合上面的话,来替它下一个定义：

诗是依美学的原理,利用音乐的旋律,将作者的感情、思想、想象,用谐和的文字,主观地批评人生、解释人生而富有感染性的一种文艺形式。

让我仔细来解释自己的定义吧：

"诗依据美学的原理。"什么叫做美美的要素,并不是在乎表面形态的漂亮,要本质上有它的美点。诗的美点可以分作两方面来说:一是印象的鲜明,二是意境的动人。许多诗作者往往喜欢堆砌词藻,这实在并不是诗。例如李商隐的无题诗,它的印象便不鲜明:

> 重帷深下莫愁堂,卧后清宵细细长。
> 神女生涯原是梦,小姑居处本无郎。
> 风波不信菱枝弱,月露谁教桂枝香,
> 直道相思了无益,未妨惆怅是清狂。

只给人以模糊的印象。又如李白的《送孟浩然之广陵》:

> 故人西辞黄鹤楼,烟花三月下扬州,
> 孤帆远影碧空尽,惟见长江天际流。

便较为鲜明了。至于意境的美,如王维的两首诗:

> 空山不见人,但闻人语响。
> 返景入深林,复照青苔上。

> 独坐幽篁里,弹琴复长啸。
> 深林人不知,明月来相照。

一种幽闲而静的境界,会在读者脑子里浮现出来。这种美点,并不是从字面的雕琢上来的。此外美学上更有一点重要的因素,便是婉转,所谓"风人之旨",也是指婉转曲折而言的。所谓"温柔敦厚"也是指隐藏缭绕而言的。元稹的:

> 寥落故行宫,宫花寂寞红。
> 白头宫女在,闲坐说玄宗。

具体地写出一幅衰落的景象来。又如岑参的:

> 故园东望路漫漫,双袖龙钟泪不干。
> 马上相逢无纸笔,凭君传语报平安。

那种离乡背井的苦楚,也就溢于纸上了。这是诗的美质,合于美学的原理的。

"利用音乐的旋律",因为诗本来都是合乐的作品。它的用韵声调也是以音乐的原理来作根据的(详见"诗的音乐性和诗的声律"一章)。"诗里有作者的感情、思想、想象。""感情"、"思想"、"想象"这三者是文学的要素,诗是文学中的一种,当然也不能缺少。尤是"感情"一项,诗中的抒情诗,占有很重要的地位。人类对于生命往往有许多苦闷,其中最大的苦闷是生命的短促,一生的不遇、失恋和离乡等等,所以悲苦诗比喜悦诗更多。例如:

悲歌可以当泣,远望可以当归。思念故乡,郁郁累累。欲归家无人,欲渡河无船。心中不能言,肠中车轮转。

(乐府《悲歌行》)

与君结新婚,宿昔当别离。凉风动秋草,蟋蟀鸣相随。
冽冽寒蝉吟,蝉吟抱枯枝。枯枝时飞扬,身体忽迁移。
不悲身迁移,但惜岁月驰。岁月无穷极,会合安可知?
愿为双黄鹄,比翼戏清池。

(曹丕《于清河见輓船士新婚与妻别》)

闲坐悲君亦自悲,百年都是几多时。
邓攸无子寻知命,潘岳悼亡犹费词。
同穴窅冥何所望,他生缘会更难期。
惟将终夜常开眼,报答生平未展眉。

(元稹《遣悲怀》)

前不见古人,后不见来者,念天地之悠悠,独怆然而涕下。

(陈子昂《登幽州歌》)

诗的感情的要素也和其他文艺一样,需要真挚和深刻,真挚才能引起读者的共鸣,深刻才能拨动读者的心弦,否则便是无病呻吟了。至于诗中的思想,大都是消极积极两方面,因为人生的苦闷,人事的苦闷,形成一种无可奈何的太息。对于一切都表示消极,在六朝参合了清淡的气味,在唐以后参合了释家的论调,但是大都自慰于花酒之中的。如嵇康的《幽愤》:

嗟余薄祜,少遭不造。哀茕靡识,越在襁褓。
母兄鞠育,有慈无威。恃爱肆姐,不训不师。
爰及冠带,凭宠自放。抗心希古,任其所尚。
托好老庄,贱物贵身。志在守朴,养素全真。
……

这无异是他的自写。可以代表当时一派清淡诗人的态度。又如李白的杯酒放纵却和清淡者的寄身物外不同。例如他的《宣州朓谢楼饯别校书叔云》:

弃我去者,昨日之日不可留;乱我心者,今日之日多烦忧。长风万里送秋雁,对此可以酣高楼。蓬莱文章建安骨,中间小谢又清发。俱怀逸兴壮思飞,欲上青天览日月。抽刀断水水更流,举杯消愁愁更愁。人生在世不称意,明朝散发弄扁舟。

唐人诗中最有佛教思想的是王梵志的诗:

共受虚假身,共禀太虚气。死去虽更生,回来尽不记。
以此好寻思,万事淡无味。不如慰俗心,时时一倒醉。
世无百年人,强作千年调。打铁作门限,鬼见拍手笑。

这是介乎放怀诗酒而同时又受了佛教影响的例子。至于积极一派,他们指出社会的罪恶,而希望予以改造,白居易、元稹、杜甫等等都是这一类的作者。这便是白氏所说"为君为臣,为民为物而作,不为文而作也。"例如杜甫的《茅屋为秋风所破歌》与白居易的《卖炭翁》:

八月秋高风怒号,卷我屋上三重茅。茅飞渡江洒江郊,高者挂罥长林梢,下者飘转沉塘坳,南村群童欺我老无力,忍能对面为盗贼。公然抱茅入竹去,唇焦口燥呼不得。归来倚松自叹息!俄顷风定云墨色,秋天漠漠向昏黑,布衾多年冷似铁,娇儿恶卧踏里裂。床头屋漏无干处,两脚如麻无断绝。自怪丧乱少睡眠,长夜沾湿何由彻?安得广厦千万间,大庇天下寒士俱欢颜!风雨不动安如山。呜呼!何时眼前突兀见此屋,吾庐独破受冻死亦足!

卖炭翁,伐薪烧炭南山中。满面尘灰烟火色,两鬓苍苍十指黑。卖炭得钱何所营?身上衣裳口中食。可怜身上衣正单,心忧炭贱愿天寒。夜来城上一尺雪,晓驾炭车辗冰辙。牛困人饥日已高,市南门外泥中歇。翩翩两骑来是谁?黄衣使者白衫儿。手把文书口称敕,回车叱牛牵向北。一车炭,千余斤,官使驱将惜不得。半匹红纱一丈绫,系向牛头充炭直。

"想象"也是诗中的一个重要的因素,诗作者全凭着自己的灵感来想象一切,在想象中有一部分竟是幻像了。《楚辞》中有许多材料都属于这一类的。《九章·涉江》:

……余幼好此奇服兮,年既老而不衰。带长铗之陆离兮,冠切云之崔嵬。被明月兮佩宝璐。世溷浊而莫余知兮,吾方高驰而不顾。驾青虬兮骖白螭,吾与重华游兮瑶之圃。登昆仑兮食玉英,吾与天地兮比寿,与日月兮齐光。哀南夷之莫吾知兮,旦余济乎江湘。……

此后的诗中也都尽想象之能事,我现在录几首有趣的想象诗来做几个例:

城外土馒头,稻草在城里。
一人吃一个,莫嫌没滋味。

(王梵志诗)

独在异乡为异客,每逢佳节倍思亲,
遥知兄弟登高处,遍插茱萸少一人。

(王维《九月九日忆山东兄弟》)

紫泉宫殿锁烟霞,欲取芜城作帝家。
玉玺不缘归日角,锦帆应是到天涯。
于今腐草无萤火,终古垂杨有暮鸦。
地下若逢陈后主,岂宜重问《后庭花》。

(李商隐《隋宫》)

剑外忽传收蓟北,初闻涕泪满衣裳。
却看妻子愁何在,漫卷诗书喜欲狂。
白日放歌须纵酒,青春作伴好还乡。
即从巴峡穿巫峡,便下襄阳向洛阳。

(杜甫《闻官军收河南河北》)

上例末一首诗中的末两句是完全想象的例子。

"谐和的文字",如何才叫谐和？是不是指平仄的定式？我们承认平仄的定式是谐和的一种,但是谐和的条件不单只是规定一定的格式。韩愈的《山石》诗:"山石荦确行径微,黄昏到寺蝙蝠飞。升堂坐阶新雨足,芭蕉叶大栀子肥。"虽然不和近体诗一样地调平仄,但声调也是和谐的。这是声调上的问题,至于文字上应如何谐和呢?第一是全篇的匀称,第二,是句的安排。《文心雕龙·镕裁》:

> 情理设位,文采行乎其中。刚柔以立本,变通以趋时。立本有体,意或偏长。趋时无方,辞或繁杂。蹊要所司,职在镕裁,隐括情理,矫揉文采也。规范本体为之镕,剪截浮词谓之裁。裁则芜秽不生,镕则纲领旺畅。譬绳墨之审分,斧斤之斫削矣。骈拇枝指,由侈于性。附赘悬肬,实侈于形。二意两出,义之骈指也。同辞重句,文之肬赘也。

至于如何来使字面谐和呢？详细的情形留俟下面专用一章来讨论,此地再提出一点问题来说,《文心雕龙·练字》篇中又说:

> 是以缀字属篇,必须练择;一避诡异,二省联边,三权重出,四调单复。"诡异"者,字体瓌怪者也。曹摅诗称:"岂不愿斯游,褊心恶呲呶",两字诡异,大疵美篇,况乃过此,其可观乎?"联边"者,半字同文者也,状貌山川,古今咸用,施于常文,则龃

龉为瑕。如不获免,可以三接,三接之外,其字林乎?"重出"者,同字相犯者也。《诗》、《骚》适会,而近世忌同,若两字俱要,则宁在相犯。故善为文者,富于万篇,贫于一字,一字非少,相避为难也。"单复"者,字形肥瘠者也。瘠字累句,则纤疏而行劣,肥字积文,则黯黕而篇暗,善酌字者,参伍单复,磊落如珠矣。凡此四条,虽可不必有,而体例不可无,若值而莫悟,则非精解。

虽然我们不赞成完全侧重在这一方面,但是也得予以相当的注意。其他字的斟酌、句的安排、全篇的镕裁使它没有什么纰漏的地方,这便可以称作谐和了。

"主观地批评人生,解释人生",诗所表现的主观的观念,而非是客观的实体。如杜甫的《古柏行》中"霜皮溜雨四十围,黛色参天二千尺",和植物学者的真实的观察是不同的。同时一件事物,在诗人的心中,反映出不同的主观形象来。陶渊明的"采菊东篱下,悠然见南山",和李白的"日照香炉生紫烟,遥看瀑布挂前川。飞流直下三千尺,疑是银河落九天。"与白居易的《登香炉峰顶》各各不相同。如果都是说实在的形象,那么诗便无这许多变化了。所谓"在心为志,发言为诗",就是主观的表示。又如王昌龄《芙蓉楼送辛渐》也是表示他主观的恬淡的心情:

寒雨连江夜入吴,平明送客楚山孤。

洛阳亲友如相问,一片冰心在玉壶。

一切思想、感情,也都是主观的,并没有丝毫客观的性质存在着,你看杜牧的二首咏史诗,也都是以主观的思想感情来立论:

折戟沉沙铁未销,自将磨洗认前朝。

东风不与周郎便,铜雀春深锁二乔。

(《赤壁》)

烟笼寒水月笼沙,夜泊秦淮近酒家。

商女不知亡国恨,隔江犹唱《后庭花》。

(《泊秦淮》)

为什么说它是表示人生、批评人生呢?文学和时代是有关系的,每一时代的文学是这时代的反映,每一首诗又是作者个人的思想的反映。每个诗人生在他的时代里,便各有其人生的主张和批评了。李白和杜甫虽则处于同一时代,因为他们的个性的不同,批评人生、表现人生的方式也各各不同。他们又因为所处环境的不同,所写出来的感情也各各不同了。例如饱经忧患的杜甫,他能写出人生可喜可悲的片段:

人生不相见，动如参与商。今夕复何夕，共此灯烛光。
少壮能几时，鬓发各已苍。访旧半为鬼，惊呼热中肠。
焉知二十载，重上君子堂。昔别君未婚，儿女忽成行。
怡然敬父执，问我来何方？问答未及已，驱儿罗酒浆。
夜雨剪春韭，新炊间黄粱。主称会面难，一举累十觞。
十觞亦不醉，感子故意长。明日隔山岳，世事两茫茫。

(《赠卫八处士》)

而李白诗里所表现的是：

风吹柳花满店香，吴姬压酒劝客尝。
金陵子弟来相送，欲行不行各尽觞。
请君试问东流水，别意与之谁短长？

(《金陵酒肆留别》)

最后，我们来论诗的"感染性"。诗的感染性，完全是文字的特性。每一个字，每一个词头，所给予我们的印象不同。"红"本来是一个悦目的名词，但加上了"猩红"、"血红"、"啼红"便有些触目了；又如"绿"也是一个悦目的字，但是写成"惨绿"与"碧绿"便给人们以不同的印象。诗人善于利用这些字面的同类意感，来触动读者的视觉的。例如："独坐幽篁里，弹琴复长啸。深林人不知，明月来相照。"

这一首诗有一个共同的意念,便是"静"和"恬淡"。这两个因素是由"独坐"、"幽篁"、"弹琴"、"长啸"、"深林"、"明月"等字面所唤起的;又如李白的"流血涂野草,豺狼尽冠缨",是给予人们以"害怕"的印象,"流血"是可怕的名词,"野草"有"多"的意念。"豺狼"代替凶暴的野兽,这两句由实在的莽野扰乱的印象唤起了读者的"政治不安"的印象来。又如,"卢家少妇郁金香,海燕双栖玳瑁梁",令人有一种富丽堂皇的印象。而下面"九月寒砧催木叶,十年征戍忆辽阳",第二句没有第一句动人,因为它的印象不显明的缘故。第一句,"九月"是"秋"的记号,"秋"给人们的印象有一种是"悲惨",再加上"寒砧",它也是唤人们的"寂寞"的,于是便一变而为凄凉的意调,与前面成为一个反照。所以反衬也是促进染感性的好方法。

诗的婉曲,也是染感别人的好方法,婉曲之中最常用到的是"比"、"兴"。李白的"两岸猿声啼不住,轻舟已过万重山"暗示一个"轻快凄凉"的意味,刘禹锡"旧时王谢堂前燕,飞入寻常百姓家"暗示出贵族阶级没落的凄凉,这些都可以使读者得到一个比明示更深刻的意感。

人们往往在悲凉的境地,想到悲凉的诗句,在北方,会想到"胡天八月即飞雪"的诗句,中年人在外边遇到新年,会想到"愁颜与衰鬓,明月又逢春"的话,在酒绿灯红的场合里会想起"吴姬压酒劝君尝"的诗来。这完全是由于诗的感染性,你平日所读过的,在同样的场合里会再现出来,而使你有所感动。在现代这离乱之世,家室分散,念起白居易的"吊影分为千里雁,辞根散作九秋蓬",也会情不自禁地发出叹息来。诗的感人的力量原是很大的。

诗是文艺中的一类,它在文艺中和小说诗歌有同样的力量,也是同样的重要。和小说戏剧的不同,只有形式上的分辨罢了,所以我称它是文艺形式的一种。

但是诗中的议论,如果是直赋式地写述出来,便会令读者感到不快,因为诗是偏于抒情方面的文艺作品,用作直赋的议论便索然寡味。所以诗中议论除了婉曲暗藏的说法以外,实在不容易讨好;但是名家也往往犯了这种令人生厌的毛病,如:

天上白玉堂,五楼十二城。
仙人抚我顶,结发爱长生。
误逐世间乐,颇穷理乱情。
……
试涉霸王略,将期轩冕荣。
……
剑非万人敌,文窃四海声。

(李白《赠韦太守良宰》)

又如杜甫的《奉赠韦左丞》:

> 甫昔少年日,早充观国宾。读书破万卷,下笔如有神。
> 赋料扬雄敌,诗看子建亲。李邕求识面,王翰愿卜邻。
> 自谓颇挺出,立登要路津。致君尧舜上,再使风俗淳。

不但夹进了庙堂气息的议论,而且也近乎堆砌,这种实在失却了诗的特质了。

第三章
诗经与楚辞

　　《诗经》是我国最早的诗歌之总集,周时太史掌六诗,每年孟春,行人振木铎,巡行采诗。所以《诗经》之中大半是民歌。《礼记·王制》:"命太师陈诗,以观民风。"是用政府的力量来搜集的。所以作者也大半佚了姓名。只有少数还可以考查。

　　孟子说:"王者之迹息而诗亡,诗亡然后《春秋》作。"那么《诗经》是周代的作品了。其中所收的诗歌,依题目来看,似乎《商颂》最早。不过近年来龟甲文字的发现,我们知道商代的文字形式还没有那般进步,而《毛诗序》中说:"微子至于戴公,其间礼乐废坏,有正考父者得《商颂》十二篇于周太师。"可见,虽是商代的歌词,而是用周代的文笔写述出来的。梁启超氏说:

　　　　《国语》云:"正考父校商之名颂十二篇于周太师,以《那》

为首。"郑司农云:"自考父至孔子,又亡其七篇",后世说诗者或以今《商颂》为考父作,此误读《国语》耳。此五篇乃至十二篇,殆商代郊祀乐章,春秋时宋国沿用之,故得传于后。犹汉郊祀乐府,至今虽失其调,而犹存其文也。

此说很可相信,我们可以推《商颂》为最早的作品,但梁启超又疑《豳风·七月》为夏代作品。他又说:

《豳风》之《七月》一篇,后世注家谓周公述后稷、公刘之德而作,然羌无实据。玩诗语似应为周人自豳迁岐之前之民间作品。且篇首"七月流火,九月授衣"云云,所用为夏正,故亦可推定为夏时代作品。果而,则三百篇中此为最古,且现存一切文学作品中,亦以此为最古矣。

但我们还没有确实的证据可以说它是夏代的作品,不能武断,姑且存疑。除此以外,全是周代的作品。其中可以断言它的时代的,如《周颂》之《清庙》、《维天之命》、《维清》、《天作》、《我将》、《雝》、《赉》等篇中有周文王的谥法,可说是文王以后的作品;《鲁颂》中之《閟宫》有"周公之孙,庄公之子"的话,那么这诗的时代是僖公时或僖公以后的作品。也有人说是史克做的。《大雅》中的《大明》、《文王有声》两篇中有武王的谥法,那么它是成王或成王以后的作品了。《小雅》的《正月》中有"赫赫宗周，褒姒灭之。"足见是东周以后、西周初期的作品。《召南》的《何彼秾矣》中有平王的谥法，可以断定是平王以后之作，《大雅》的《崧高丞民》，有"吉甫作诵"的话，尹吉甫，周宣王时人。那么此两诗绝不会宣王以前的作品了。《小雅·巷泊》中有"寺人孟子，作为此诗。"足见是周厉王时的作品。（这孟子不是孟轲。《汉书·古今人表》列于周厉王时代。）《秦风》的"我送舅氏，曰至渭阳"相传是秦襄公送晋文公的诗，《陈风》的"胡为乎株林，从夏南"相传是刺陈灵公暱夏姬的诗。至于究竟哪一首最晚，却难以断定，《国风》中的邶、鄘、唐、魏皆是《春秋》以前的国名，足见它的时代是在西周、东周中的一段，早至于商代，迟至于春秋初期。《钦定诗经传说汇纂》有《作诗时世图》，它的时代的排列，是靠不住的。

至于《诗经》的地域，总之是北方的文学的总汇，这时候，中国的文化重心还在北方，自然《诗经》中全是北方的歌辞了。《诗经》的时代背景既是以周为中心，所以地域也依周民族的地域为转移的。周民族向居于沮漆水与渭水一带，公刘迁到豳。古公亶父再迁到岐山。文王伐商以后，地域逐渐廓大，至平王迁都洛阳。十五国风，除《周南》、《召南》以外，有邶、鄘、卫、王、郑、齐、魏、唐、秦、陈、桧、曹、豳等十三国。王是周的首邑王畿，豳是公刘的故地，邶、鄘、卫在河北、山西一带，郑在河南，齐在山东，魏、唐在山西，秦在陕西，陈、桧在河南，曹在河北、山东一带。足见完全是黄河以北的产品了。至于《周南》、《召南》,渐推至长江流域,有人说它是《楚辞》的先声。但是它的形式和其余的完全相同。

现存的《诗经》有三百另五篇,另有有声无辞的笙歌六篇——《南陔》、《白华》、《华黍》、《崇丘》、《由庚》、《由仪》。但《史记》上说:

> 古诗三千余篇。及孔子,去其重,取可施于礼义,上采契、后稷,中述殷周之盛,至幽厉之缺。始于衽席,故曰《关雎》之乱,以为《风》始,《鹿鸣》为《小雅》始,《文王》为《大雅》始,《清庙》为《颂》始,三百五篇,孔子皆弦歌之,以求合韶武雅颂之音。

此一说,班固《汉书·艺文志》以为甚是,他说:"古有采诗之官,王者所以观风俗知得失,自考正也。孔子纯取周诗,上采殷,下取鲁,凡三百五篇。遭秦而全者,以其讽诵,不独在竹帛也。"陆德明《经典释文》中也说:"孔子是先删录既取周,上兼商颂凡三百十一篇(连笙诗在内)。"朱熹说:"王迹熄而诗亡,其存者谬乱失次,孔子自卫反鲁,复得之它。国以归,定著为三百篇。"而顾炎武言之更详:

> 孔子删诗,所以存列国之风也。有善不善,兼而存之,犹古之太史,陈诗以观民风,而季札听之以知其国之兴衰;正以二者并陈,故可以观,可以听。世非二帝,时非上古,固不能传四方

之风,有贞而无淫,有治而无乱也。文王之化,被于南国;而北鄙杀伐之声,文王不能化也。使其诗而存,而入夫子之删,必将存南音以系文王之风,有北音以系纣之风,而不容没一也。是以《桑中》之篇《溱洧》之所,夫子不删,志淫风也。《叔于田》为誉段之辞,《扬之水》、《椒聊》为从沃之语,夫子不删,著乱本也。淫奔之诗录之不一而足者,所以志其风之甚也。一国皆淫,而中有不变者焉,则亟录之,《将仲子》,畏人言也;《女曰鸡鸣》,相警以勤生也;《出其东门》,不莫乎色也;《衡斗》,不愿外也;——选其辞,比其音,去其烦,且滥者,此夫子之所谓删诗也。

他们的说法完全是根据《史记》的,但《论语》及其他记载孔子的言行之书却没有提到删诗这件事。《论语》中说起《诗经》的地方很多,"诗三百,一言以蔽之曰,思无邪。""《关雎》乐而不淫,哀而不伤。""诵诗三百,授之以政,不达,使于四方,不能专对,虽多,亦奚以为?"而诸子所说,《荀子》:"诗三百,中声所止。"《墨子》:"儒者诵诗三百歌诗三百。"《庄子》:"孔子诵诗三百,歌诗三百,弦诗三百,舞诗三百。"所说的三百,皆是举成数而言的。足见孔子是否删诗,尚属疑问。攻击前一说的人,如郑樵的《删诗辨》:"按书传所引之诗,见在者多,亡逸者少,则夫子所录;不容十去其九。"孔颖达之说为:"书传所引之诗见在者多,亡逸者少,则孔子所录,不容十分去九,迂言未可信也。据今者及亡诗六篇,凡三百十一篇,而《史记》、《汉书》云三百五篇者,以见在为数也。"已开始疑惑孔子删诗不会如此之多。清崔东璧的《读风偶识》里不但不承认孔子删诗,而且也怀疑到采诗之制,他说:

孔子删诗孰言之?孔子未尝自言之也。《史记》言之耳。孔子曰:"郑声淫",是郑多淫诗也。孔子曰:"诵诗三百",是诗止有三百孔子未尝删也。学者不信孔子所自言而信他人之言,甚矣其可怪也。

又说:

旧说周太史掌列国之风,今自邶、鄘以下十二国风,皆周太史巡行之所采也。余按克商以后,下逮陈灵,近五百年,何以前三百年所采殊少,后二百年所采甚多?周之诸侯千八百国,何以独此九国有风可采,而其余无之?曰孔子所删也。然成、康之世,治化大行,刑措不用,诸侯贤者多,其民岂为称功颂德之词,何以尽删其盛而独存衰?伯禽之治,邹伯之功,亦卓卓者,岂尚不如郑、卫?而反删此存彼,意何居焉。且十二国中,东迁以后之诗,居其大半,而春秋之策,虽微贱无不书者,何以绝不见采风之使?乃至《左传》之广搜博采而亦无之?则此言出于后人臆度无疑也。盖凡文章一道,美斯爱,爱斯传,乃天下之常理。故有作者即有传者。但近世则人多诵习,世远则就湮没。其国崇尚文学而鲜忌讳,则传者多;反是,则传者少。小邦弱国,偶遇文学之士,录而传之,亦有行于世者;否则遂失传耳。不然,两汉、六朝、唐宋以来,并无采风太史,何以其诗亦传于后世也?

其论亦非常允当。孔子删诗其弟子均未言及,而《史记》独言之不能令人无疑。故孔子删诗的问题,至今尚成一疑案。至于三千而删成三百,绝无此理。《两般秋雨庵随笔》引王渔洋的《池北偶谈》中的议论颇可作为两派折衷之说:

> 《论语》一则曰:"诗三百",再则曰:"诵诗三百",《家语》载哀公问郊,亦曰:"臣闻诵诗三百,不可以一献。"知古诗本有三百,非孔氏手定也。又左氏列国卿大夫燕餐赋诗,率皆三百篇中,多在孔子之前,其非夫子删定,了然可见。然其说亦有尽通者,如《茅鸱》、《河水》、《新宫》、《吾之柔矣》等篇,独非赋诗乎?今则全篇逸去。其他"素以为绚兮"一句,"唐棣之华"四句,见于《论语》;"兆云询多"二句,"周道挺挺"四句,"祈招之愔愔"六句,见于《左传》,"昔吾有先正"五句,见于《小戴记·缁衣篇》;"鱼在在藻"六句,见于《大戴礼·用兵篇》;"国有大命"三句,见于《荀子·臣道篇》。至《南陔》等六篇有笙无词,《貍首》亦

然，则谓三百篇外，绝无删动，亦未见允当。大约或篇或章，均系旧逸；而单词骈句，尚错杂于简端，孔子定《诗》时，则竟删去，以成三百五篇完好之作，亦述而不作之意也。如谓古诗三千而删存止于三百，则马迁传闻之误，前人辨之详矣，其说殊不足信。

虽然孔子删诗尚成问题，而他曾对于《诗经》下过一番研究，这是没有疑问的。《史记》说孔子将三百篇弦歌之，庄子也说儒者诵诗三百，弦诗三百，歌诗三百，舞诗三百。可见孔子之努力于诗，在求合乐。《论语》上也说："吾自卫反鲁，然后乐正，雅颂各得其所。"这无异是他的自白。所以依这原则来看，现今的三百另五篇，其时都是合乐的。但是宋程大昌却以为有许多是不能合乐的，他以《南》、《雅》、《颂》为乐诗，诸国风为徒歌。他说："春秋战国以来，诸侯卿大夫赋诗道志者，凡诗择取无辞。至考其入乐，则自邶至幽，无一诗在数字之用《鹿鸣》；乡饮酒之笙《由庚》、《鹊巢》；射之奏《驺虞》、《采蘋》；诸如此类，末有出《南》、《雅》、《颂》之为乐诗而诸国之为徒诗也。"但马瑞临在《毛诗传笺通释》里却反对这主张，他以为三百另五篇全都可以入乐，这见解是对的。他说：

> 诗三百篇，未有不入乐者，《虞书》曰："诗言志，歌永言，声依永，律和声。"歌、声、律皆承诗递言之。《毛诗序》曰："在心为志，发言为诗。"又曰："言之不足，故嗟咏之；嗟咏之不足，故永

歌之。"此言诗所由作,即《虞书》所谓"声依永,律和声"也。若非诗皆入乐,何以被之声歌,且协诸音律乎?《周官》太师教六诗而云:"以六德为之本,以六律为之音",是六诗皆可以调六律也。《墨子·公孟篇》:"诵诗三百,弦诗三百,歌诗三百,舞诗三百。"《郑风·青衿》诗,《毛传》云:"古者教诗以乐;诵之歌之,弦之舞之",其说正本《墨子》,是三百篇皆可诵歌弦舞已。若非诗皆入乐,则何以六诗皆以六律为音?又何以同是三百篇,而可诵者,即可弦可舞乎?《左传》吴季札请观周乐,伎工为之歌《周南》、《召南》,并及于十二国,若非入乐,则十四国之诗,不得统之以周乐也。《史记》言:"诗三百,孔子皆弦歌之,以求合于韵武雅颂。"非入乐,则三百五篇,不得求合于韶武颂颂也。《六艺论》云:"诗弦歌讽谕之声也";郑志答张逸云:"国史采众诗,时明其好恶,令瞽矇歌之;其无所主,皆国史主之令可歌。"据此,则郑君亦谓诗可以皆入乐。

合乐之诗,也是《诗经》编辑者的一个体例。以中国诗的演化原则来说,也是以合乐为标准的。

依诗的内容来分析,《风》多抒情,《雅》抒情纪事相半,而《颂》多叙事。《风》多平民的文学,多恋歌。《颂》则完全是庙堂文学。这时候人民的苦痛、恋爱、怨恨、悲愤,都一一可以在诗中看出来。例如《邶风》里的《静女》,便是一首恋爱的好诗:

>静女其姝,俟我于城隅,爱而不见,搔首踟蹰。
>静女其娈,贻我彤管,彤管有炜,说怿女美。
>自牧归荑,洵美且异,匪女之为美,美人之贻。

《诗经》当时是外交应对上所必须知道的东西,而个人谈话中也常常用到诗什,孟子是一个雄辩家,也常常以诗句来做引证的材料。这时候,士大夫阶层的熟读诗,是很普遍的现象。例如《左传》襄公四年:

>穆叔如晋,报知武子之聘也。晋侯享之,金奏《肆夏》之三,不拜。工歌文王之三,又不拜。歌《鹿鸣》之三,三拜。韩宣子使行人子员问之曰:"子以君命辱于敝邑,先君之礼,藉之以乐,以辱吾子,吾子舍其大而重拜其细,敢问何礼也?"对曰:"《三夏》,天子所以享元侯也,使臣弗敢与闻。《文王》,两君相见之乐也,臣不敢及。《鹿鸣》,君所以嘉寡君也,敢不拜嘉。《四牡》,君所以劳使臣也,敢不重拜。《皇皇者华》,君教使臣曰'必谘于周',敢不重拜。"

周民族渐渐地衰落,南方新兴文学——《楚辞》——便勃起了。在《诗经》时代,楚国还被称为"南蛮鴃舌",虽则二南有人说它已是南方民族的文艺,但文字上却没有《楚辞》的意味。《楚辞》是用楚国方言写的文字,其中大都是七言而用"兮"字调的。《说苑》里载有三

篇楚歌,时代在发生楚辞以前,一首是楚令尹子文做的:

> 子文之族,犯国法程;廷理释之,子文不听,恤顾怨萌,方正公平。

另有一首是楚人赞美诸御已的,因为他曾谏楚王不要造层台,楚王听了他的话。于是老百姓便赞扬他:"薪乎菜乎!无诸御已,讫无子乎!菜乎薪乎!无诸御已,讫无人乎!"这两首与《诗经》的形式没有什么两样。第三首,是楚昭王的弟弟鄂君子晳所翻译的一首越歌,便有《楚辞》的气质了,译文是:

> 今夕何夕兮,搴中洲流?今日何日兮,得与王子同舟?蒙羞被好兮,不訾诟耻。心几顽而不绝兮,知得王子。山有木兮木有枝,心悦君兮君不知。

"楚辞"之名见于《汉书·朱买臣传》,因为它在楚地产生,便泛指它是《楚辞》了。这实在不是一个专名。现在所知道的"《楚辞》"是一本书名。说是刘向编辑的,但是否原本,尚不可知。现在《楚辞》的内容是:1.《离骚》,2.《九歌》,3.《天问》,4.《九章》,5.《远游》,6.《卜居》,7.《渔父》,8.《九辩》,9.《招魂》,10.《大招》,11.《惜誓》,12.《招隐士》,13.《七谏》,14.《哀时命》,15.《九怀》,16.

《九叹》,17.《九思》十七篇。《渔父》以上题屈原作;《九辩》、《招魂》题宋玉作;《大招》题景差作;《惜誓》不题作者;《招隐士》题淮南小山作;《七谏》题东方朔作;《哀时命》题严夫子作(严夫子,有人说即是严助);《九怀》题王褒作;《九叹》题刘向作;《九思》题王逸作。《楚辞》不是一人的专集,而是许多人的作品。《直斋书录解题》引《翼骚序》说:"屈、宋诸骚皆书楚语,作楚声,记楚地,名楚物,故可谓之《楚辞》。"这是"楚辞"最妥当的解释。《楚辞》的作者中可以划分为两个时期,即汉代的作品,与汉代以前的作品。汉代的作品大都是出于仿效,所以不及前人。汉代对于《楚辞》,已有相当的注意。《朱买臣传》:"会邑子严助贵幸,荐买臣,召见说《春秋》,言楚辞,帝甚悦之。"《王褒传》中也说:"宣帝时,修武帝故事,讲论六艺群书,博尽奇异之好,征能为楚辞九江被公,召见诵读。"汉武帝也有"似耶非耶?立而望之,翩何姗姗其来迟?"之词,足见一般帝皇也爱好楚调,于是文人便起仿效之风了。

　　《楚辞》中最有价值的作者,是屈原和宋玉,宋玉的作品,以《九辩》为最可靠。《汉书·艺文志》有"《屈原赋》二十五篇"的话,于是大家在《楚辞》中找出廿五篇来充实它的数目,因此对于屈原的作品的篇名,便聚讼纷纭。现在为明白前人的主张起见,简单地将各家不同的说法列下:

　　(甲)王逸《楚辞章句》以《离骚》、《九歌》、《天问》、《九章》、《卜居》、《渔父》为屈原作;《大招》,屈原或景差作。

（乙）朱熹《楚辞集注》以《离骚》、《九歌》、《天问》、《九章》、《卜居》、《渔父》为屈原作。

（丙）姚宽《西溪业话》以《离骚》、《九歌》（除《礼魂》、《国殇》）、《大问》、《远游》、《卜居》、《渔父》、《大招》、《惜誓》、《九章》为屈原作。

（丁）王夫之《楚辞通释》以《离骚》、《九歌》（作十篇）、《天问》、《远游》、《招魂》、《卜居》、《渔父》为屈原作。

（戊）林云铭《楚辞灯》以《离骚》、《九歌》（作七篇）、《天问》、《远游》、《招魂》、《卜居》、《渔父》、《九章》、《大招》为屈原作。

（己）蒋骥《山带阁楚辞注》以《离骚》、《九歌》（作七篇）、《天问》、《远游》、《卜居》、《渔父》、《大招》、《招魂》、《九章》为屈原作。

近代学者都疑《九歌》为《楚辞》中最早的作品，是楚民族原始的神话与歌谣，开屈原《离骚》之先声的。其次便是《天问》，也有人疑心《天问》是抄袭司马相如的《大人赋》而伪托的，也有的说是《大人赋》本抄《天问》。《远游》、《卜居》、《渔父》也有人说是伪托，但都缺少确实的证据；难以断定。但是《楚辞》中最伟大的作品《离骚》是屈原作的；《九辩》是宋玉作的，则可以没有问题。

屈原的生平，见于《史记》的《屈原列传》，但原文有许多窜乱之处，据《离骚》及《史记》对照可以知道他生于周宣王二十六年（即楚宣王二十七年。）初为楚怀王左徒，怀王又因为他是楚的同姓贵族，很器重他。后为上官大夫所谗，曾一度免职，后又复用。使于齐国，他曾劝怀王杀秦使张仪，怀王不听，后秦昭王又约怀王会于武关，屈原谏之不听,终于怀王死于秦国了。顷襄王继立,放逐他于沅、湘之间,他悲愤投汨罗江而死。《离骚》便是申述他心胸的郁结的。宋玉的生平,史书上不曾记载,但从他的文章上看来,他是一个放纵而潇洒的人。他的在世的时期,大约在顷襄王与考烈王之时。他的《九辩》的开端,正如王夫之所说是"千秋绝唱"!

悲哉,秋之为气也,萧瑟兮草木摇落而变衰,憭慄兮若在远行,登高临水兮送将归。泬寥兮天高而气清,寂寥兮收潦而水清,憯凄增欷兮薄寒之中人,怆怳懭悢兮去故而求新。坎廪兮贫士失职而不平,廓落兮羁旅而无友生,惆怅兮而私自怜!燕翩翩其辞归兮,蝉寂漠而无声,雁嗈嗈而南游兮,鹍鸡啁哳而悲鸣。独申旦而不寐兮,哀蟋蟀之宵征,时亹亹而过中兮,蹇淹留而无成。

《楚辞》之中,大抵有"兮"、"些"、"只"等字面,这大约就是楚音了。但如《天问》而全篇和诗一样的都是四字句,《卜居》、《渔父》和汉赋一样,所以《楚辞》是诗的变体,而其中也有合乐于不合之分,《楚辞》篇末,一定有"乱"词。如《离骚》、《招魂》后面都有"乱曰"。《论语》上说:"《关雎》之乱,洋洋乎盈耳哉!"朱熹《楚辞注》中说:"凡作乐章既成,撮其大要曰乱。"但贾谊《用屈原赋》则称"谇",《九章》、《抽思》则称"倡",《远游》则称"重"。大约"乱"者既是一章的大要,又是音乐的尾声。这是《楚辞》可以合乐的证据。《楚辞》以后,不再用楚声作词,它的范围被扩大了,合乐的,便流变为乐府,乐府的第一首《大风歌》,便有些楚调不合乐的,如《卜居》、《渔父》便流为汉代的赋了。吴讷的《文体明辨》中说:

  按《楚辞》诗之变也。诗无楚风,然江汉间皆为楚地,自文王化行南国,《汉广》、《江有汜》诸诗,列于《二南》,乃居十五国风之先,是《诗》虽无楚风,实为《风》首也。风雅既亡,乃有《楚狂凤兮》、《孺子沧浪》之歌,发乎情,止乎礼义,与诗人"六义"不甚相远,但其辞梢变《诗》之本体,而以"兮"字为读,则楚声固已萌蘖于此矣。屈平后出,始本诗义为"骚",盖兼"六义"而"赋"之意居多。厥后宋玉继作,并号《楚辞》,自是辞赋家悉祖此体。故宋祁云:"《离骚》为辞赋之祖,后人为之,如至方不能加矩,至圆不能加规。"信哉斯言也。

《楚辞》只是地方性的文艺,扩大了,便会改变它的本质,而《诗经》的领域较大,它虽然也有所变更,而外形依然相差不很远,于是后来便以"诗"成为一种广泛的名词。其实如果"诗"是一广泛的名词,楚辞也应该属于"诗"的一类的。关于诗尚有"六义"、"四始"、"四家"的问题,尚有后有"诗学"的流派问题,和"诗序"的作者问题,留俟下一章再详细讨论。

第四章
"四始""六义"与后来的影响

要解释"四始",先得明白诗的四家传授与《毛诗》序的作者问题,方可以着手。

《诗》在《春秋》时代应用于士大夫阶级的论辩中。到了战国,此风渐息,秦始皇焚书坑儒,于是《诗经》也是受了打击。汉兴以后,鲁人申培公注《诗》,号曰《鲁诗》,齐人韩固传《齐诗》,燕人韩婴传《韩诗》,河间人毛公传《毛诗》。于是《诗经》便分作四派了。其中《齐诗》多用纬说,大抵为怪罪之辞。《毛诗》独有大序。郑樵以为四诗土音不同,训诂亦异。《毛诗》是用古文写的,齐、鲁、韩三家是用隶书写的。汉平帝立《毛诗》于学官。学者马融、贾达、郑玄等又努力于《毛诗》,于是《毛诗》大盛,《齐诗》亡于魏代;《鲁诗》亡于西晋,五代时《韩诗内传》也亡佚了,只剩了《韩诗外传》。这是四家兴亡大概的情形。

现存《毛诗》每首诗的前面,都有序文,但《关雎》(《诗经》第一篇)前面一篇序,则总论全部,因此有"大序"、"小序"之分。朱熹以开始到"诗之止也"一段称为大序;自"《关雎》,后妃之德也"及每首诗之前的序文,均称小序。现在说经的人,都依着他的说法,而崔述《读风偶识》中以为序无大小可分。这问题没有多大关系,姑且不论,现在所要说的,是诗序作者的问题。关于这问题,各家也都聚讼纷纭,兹举其有权威的几种说法,列述于下:

(甲)以为诗序乃孔子所作——主张此说的,有程颐、程颢、范处义等。范处义说:"观《赉》序合于《论语》……《柏舟》、《淇澳》诸篇,合于《孔丛子》者甚多,多以是知《诗序》为孔子之言也。"

(乙)以诗序为子夏所作——主张此说的人如王肃、陆机、陈奂、蔡梦得等。陈奂《毛诗传疏》:"卜子子夏,亲受业于孔子之门,遂隐括诗人本志,为三百十一篇作序,数传至六国时,毛公依序作传,《序》意有不尽者,《传》乃补缀之,而于训诂特详。"

(丙)以为大序子夏作,小序子夏、毛公合作——主张此说的,有郑玄、陆德明、成伯瑜等。《诗谱序》:"大序子夏作,小序子夏、毛公合作。"

(丁)以为诗序乃子夏、毛公、卫宏合作——见于《隋书·经籍志》:"后汉有九江谢曼卿善《毛诗》,又为之训,东海卫敬仲受学于曼卿,先儒相承谓之《毛诗序》,子夏所创,毛公及敬仲又加润益。"

(戊)以为诗序乃卫宏所作——见于《后汉书·儒林传》:"卫宏……少与河南郑兴,俱好古学,初九江谢曼卿善《毛诗》,乃为其训,宏从曼卿受学,因作《毛诗序》,善得风雅之旨,于今传于世。"其程大昌、朱熹、崔述等主张之。崔述说:"《诗序》乃后汉卫宏作,唐人旧说以为子夏、毛公所作。沈重云:'案郑《诗谱》意,大序是子夏作,小序是子夏、毛公合作,卜商意有末尽,毛更足成之。'此说非也。何者?《史记》作时,《毛诗》未出,《汉书》始称《毛诗》,然无作《序》之文。惟《后汉书·儒林传》称……。则序为宏所作,显然无疑。其称子夏、毛公作者,特后人猜度言之,非果有所据也。记曰'无征不信,不信民弗从。'今卫宏作《诗序》,现有《后汉书》明文可据。如谓为子夏、毛公所作,则《史》、《汉》传记,从无一言及之。"

(己)以诗序为刘歆、卫宏合作——康有为《新学伪经考》:"《毛诗》伪作于歆,付嘱于徐敖、陈侠,传授于谢曼卿、卫宏,序作于宏。此传最为实录。然首句实歆作,为以其与《左传》相合也。宏序盖续广歆意然亦有时相矛盾者,如《凯风序》云美孝子也;《续序》以为淫风流行,不安其室;《将仲子》序云:刺庄公也,《续序》反谓庄公小不忍以致大乱;《椒聊》序云:刺晋明公也,《续序》乃云:君子见沃之盛彊,能修其政,《笺》则释硕大无朋,为桓叔之德美广博,平均不朋党凡此皆与首句不合,而伤教害义者,而宏之为序最确矣。《郑笺》以卫为主,则今日《诗》学,宏为大宗矣。伪古经《诗》、《书》出卫宏,传马郑而大盛,其流别犹可溯也。"

此外,也有主张为当时史官作的,也有主张为诗人自作的。孔子作序绝无此事。郑樵以为"设如有子夏所传之《序》,因何齐鲁间先出学者却不传,反出于赵也?《序》既晚出于赵,于何处而传此学?"所以子夏作这一说,的确没有成立的理由。崔东壁也以《齐诗解说》与《鲁诗遗序》与《毛诗序》不同证为非子夏所作。曹粹中诗说又以序亦非毛公作,他以为如果是毛公所作,那么《传序》应该一致,为什么又自相背戾呢?这许多说法之中,以卫宏作序一说为最可靠,一则,《后汉书》上有明白的记载,而《毛诗》始见于《汉书》;二则,《毛诗》盛于东汉,三家皆衰而《毛诗》后出,卫宏自有集师说而作序的必要。但是序上有很多的错误,也有许多可笑的解释,我们应当仔细来辨别它。

已经知道了诗四家的流别和出现的迟早,已经大致确定了诗序的作者是东汉时代人,那么可以进一步来讨论"四始"。所谓"四始"不过是儒家的一种说法,其实与《诗》本义无关,其说有两种。《史记》:"《关雎》之乱以为《风》始,《鹿鸣》为《小雅》始;《文王》为《大雅》始,《清庙》为《颂》始。"《诗序》所说也同。而《诗纬讯历枢》:"《大明》在亥,水始也;《四庄》在寅,木始也;《嘉鱼》在巳,火始也;《鸿雁》在申,金始也。"《史记》所言不过是告诉你们《诗经》中哪一部分是《风》,哪一部分是《小雅》,哪一部分是《大雅》,哪一部分是《颂》罢了。《韩诗外传》中所记述孔子对子夏的问话,大约是他所以编次的大意,也没有什么深旨,卫宏在司马迁之后,便加以许多宏论了。其实诗的要点不在乎"四始",而在于"六义"。

"六义"之名,始见于《周礼·春官》:"太师教六诗:曰风,曰赋,曰比,曰兴,曰雅,曰颂。"《诗序》中也说:"诗有六义也:一曰风,二曰赋,三曰比,四曰兴,五曰雅,六曰颂。"朱熹的解释是:"《风》、《雅》、《颂》,声乐部分之名;赋、比、兴,则所以制作《风》、《雅》、《颂》之体也。"由此可知《风》、《雅》、《颂》是指诗的体裁而言,赋、比、兴是指诗的做法而言的。

为什么《诗经》里以《风》、《雅》、《颂》分为三大类呢?各人的主张也是不同的。即是朱熹自己,也有好几种不同的说法。王柏说:"《风》、《雅》之别,即朱子答门人之问亦未一。有腔调不同之说;有体制不同之说;有词气不同之说;或以地分,以时分,以所作之人而分,诸说皆可参考。"其中最有权力的说法,大抵以内容来分、以体制来分和以音乐性来分三种。

以内容来分的,《诗序》便有此主张,"是以一国之事,系一人之本,谓之《风》;言天下之事,形四方之《风》,谓之《雅》;《雅》者,正也,言王政之所由兴废也……《颂》者,美盛德之形容,以其成功告于神明者也。"郑康成也赞成这一种说法:"《风》言圣贤治道之遗化也;《雅》,正也,言正者以为后世法。《颂》之言诵也,容也,诵德广以美之。"这一说是旧说,失之臆断,似乎太迂。照他们的解释,《风》也可以作讽诵解,难道也不可以如《雅》一样为"后世之法"吗?如果两者的目的都是为后世法的,那么又有什么不同呢?

其次,以体制来分的,吕祖谦有这样的话,"得《风》之体多者为《风》,得《雅》之体多者为二《雅》;得《颂》之体多者为《颂》",这样解释,似乎太不明白,崔述在《读风偶识》里说:"《风》、《雅》之分,分于诗体,不以天子与诸侯也。天子之几,未尝无《风》;诸侯之国,亦间有《雅》,故《豳》亦王国诗也,乃不为《雅》而为《风》;《宾筵》、《抑戒》,卫武公之诗也,列于《二雅》。盖由西周盛时,方当《大雅》,故《风》与《小雅》皆不甚流传;惟《周南》、《关雎》之三,《召南》、《鹊巢》之三与《麟趾》、《驺虞》及《鹿鸣》、《鱼丽》篇乃燕射时所歌,是以人皆习之而流传于世。此外,或有一二传者,然亦仅矣。其后《大雅》渐衰,《小雅》始盛,《小雅》又衰,而《风》始著。是以盛世之音少,衰世之作多;非天子之畿,其诗皆当为《雅》,而不得为《风》与南也。"这一说比前一说较近是。

  以诗的音乐性来分,梁启超有很精辟的议论,他说:"风者,讽也:为讽诵之'讽'字之本文,《汉书》'不歌而颂谓之赋',《风》殆只能讽诵而后能歌者?故《仪礼》、《礼记》、《左传》中所歌之诗,惟《风》无有。后此《风》能歌与否,不可知,若能,恐在孔子正乐后也。"又说:"《雅》者,正也。殆周代最通行之乐。公认为正声,故谓之雅。《仪礼·乡饮酒》云:'工歌《鹿鸣》、《四牡》、《皇皇者华》;笙《南陔》、《白华》、《华黍》;乃间歌《鱼丽》、笙《由唐》、歌《南有嘉鱼》、笙《崇丘》,歌《南山有台》、笙《由仪》……工告于乐正曰……'凡《小雅》、《大雅》皆用正乐,谓之雅。"又说:"后人多以颂美之义释'颂',窃疑不然,《汉书·儒林传》云:'鲁徐生善为颂',苏林注云:'颂貌威仪';颜师古注云:'颂读与容同','颂'字从'页','页'即人面,故容貌实颂之本义也。然则《周颂》、《商颂》等诗何故名为颂耶?《南》、《雅》皆唯歌,《颂》则歌而兼舞。《周官》:'奏无射,歌夹钟,舞《大武》',《礼记》:'朱干玉戚冕而舞《大武》',《大武》为《周颂》中主要之篇,而其用在舞,舞则舞容最重矣。故取所重,名此类诗曰:《颂》……三颂之诗皆重舞节,此其所以与《雅》、《南》之唯歌者有异,与《风》之不歌而诵者更异也,略以后世之体比附之,则《风》为民谣,《南》、《雅》为乐府歌辞,《颂》则剧本也。"这说的理由最为充足。但"风"为徒歌一说,近人顾颉刚不甚赞同,他以为"风"是"风土"之意。"《风》"一类是土乐。

但是有许多学者疑古代没有"《风》"的名目。他们的理由:一、《论语》上,只有《南》、《雅》、《颂》,而不说《风》、《雅》、《颂》。《论语·子罕篇》"《雅》、《颂》各得其所。"《阳货篇》"人而不为《周南》、《召南》",并没有说到"《风》"。二、《左传》鲁襄公二十四年吴季札观乐,也没有《国风》的名目。只说吴公子札来聘,请观于周乐,伎工为之歌《周南》、《召南》,为之歌《邶》、《鄘》、《卫》,为之歌《文王》,为之歌《齐》,为之歌《豳》,为之歌《秦》,为之歌《魏》,为之歌《唐》,为之歌《陈》,为之歌《小雅》,为之歌《大雅》,为之歌《颂》,也不曾说为之歌《风》。第三,凡奏《雅》、《颂》之后,一定加以《南》的。程大昌说:"《鼓钟》之诗曰:'以雅以南,以籥不僭'"。季札观乐"'有舞象箾南籥者',详而推之,'南籥'二南之籥也。'箾',雅也;'象舞',颂之《维清》也。其在当时亲见古乐者,凡举《雅》、《颂》率参以《南》。其后《文王》、《世子》又有所谓'胥鼓南'者。"梁启超也认为

"南"即"乱",以《风》、《雅》、《颂》、《南》合称四始。这话很有理由,《大雅》、《小雅》分开作四始里的两种,实在是不妥当的。顾炎武也说:《周南》、《召南》"南"也,非"风"也。《豳》谓之"豳诗",亦谓之"雅",亦谓之"颂",而非"风"也。"南"、"豳"、"雅"、"颂"为四诗而列国之风附焉,此《诗》之本序也。

关于赋、比、兴三者的区别,不如前三者的复杂了。孔颖达的区《毛诗正义》中说:"赋之言铺,直铺陈今之政教善恶,其言通正变,兼美刺也。"他的话不比朱熹的明白:"赋者,直陈其事,如《葛覃》、《卷耳》之类。"就将《卷耳》一首作例子:

采采卷耳,不盈顷筐。嗟我怀人,寘彼周行。
陟彼崔嵬,我马虺隤。我姑酌彼金罍,维以不永怀。
陟彼高冈,我马玄黄。我姑酌彼兕觥。维以不永伤。
陟彼阻矣,我马瘏矣。我仆痡矣。云何吁矣!

完全是直写胸臆,不加曲折的。"比",郑康成的解释是:"比见失不敢斥言,取以类以言之。"朱熹说:"比者以彼状此,如《螽斯》、《绿衣》之类。"也以《绿衣》来作例:

绿兮衣兮,绿衣黄里。心之忧矣,曷维其已。
绿兮衣兮,绿衣黄裳。心之忧矣,曷维其亡。

绿兮丝兮,女所治兮。我思古人,俾无訧兮。

绿兮绤兮,凄其以风。我思古人,实获我心。

虽然说的是绿衣,实则借以喻自己的忧伤,所以"比"实在就是比喻与象征。"兴",郑康成谓:"兴者托事于物",朱熹以为:"兴者托物兴词,如《关雎》、《兔罝》之类",也以《关雎》来作例:

关关雎鸠,在河之洲。窈窕淑女,君子好逑。

参差荇菜,左右流之。窈窕淑女,寤寐求之。

求之不得,寤寐思服。悠哉悠哉,辗转反侧。

参差荇菜,左右采之。窈窕淑女,琴瑟友之。

参差荇菜,左右芼之。窈窕淑女,钟鼓乐之。

所谓"兴"乃是先说他物以引到本题的,实在是"比"的一种变体。"比"是全体比喻,而"兴"只在文章的开端。而"赋"只是直说其事。也可以说"兴"是介乎"赋"、"比"两者之间的。所以吴鹤林说:"赋直而比微,比显而兴隐。"陈启源也说:"比兴虽皆托谕,但兴隐而比显,兴广而比狭。比者以彼况此,犹文之譬喻,与兴绝不相似也。"又说:"兴比皆喻,而体不同。兴者,兴会所至,非即非离,言在此,意在彼,其词微,其旨远。比者一正一喻,两相比况,其词决,其旨显,且兴赋交错而成文,不若兴语之用以发端,多在前章也。"

诗的六义,除颂以外,影响于后来的很大,后来批评者都以"风"、"雅"来批评诗,说它有"风人之旨",说它"雅洁"。将诗中体裁的名称,也移作批评的名词了。至于赋、比、兴三者,它们包括了一切诗的做法。其实诗的写作方式不外乎这三种。在古乐诗与古诗里很多有这种例子。直赋其事的,如乐府的《蒿里》:

　　蒿里谁家地?聚敛魂魄无贤愚。鬼伯一何相催促,人命不得少踟蹰。

又如古诗十九首中的《青青河边草》也是直叙己情的:

　　青青河边草,绵绵思远道。远道不可思,夙昔梦见之。梦见在我旁,忽觉在他乡。他乡各异县,展转不可见。枯桑知天风,海日知天寒。人们各自媚,谁肯相为言?客从远方来,遗我双鲤鱼。呼儿剖鲤鱼,中有尺素书。长跪读素书,书中竟何如?上有加餐食,下有长相忆。

《木兰辞》也是赋体。近体诗中直赋其事的很多,再来从各种体裁举几个例子:

　　月黑雁飞高,单于夜遁逃。

欲将轻骑逐,大雪满弓刀

（卢纶《塞下曲》）

闺中少妇不知愁,春日凝妆上翠楼。
忽见陌头杨柳色,悔教夫婿觅封侯。

（王昌龄《闺怨》）

故人具鸡黍,邀我至田家。
绿树村边合,青山郭外斜。
开轩面场圃,把酒话桑麻。
待到重阳日,还来就菊花。

（孟浩然《过故人庄》）

卢家少妇郁金堂,海燕双栖玳瑁梁。
九月寒砧催木叶,十年征戍忆辽阳。
白狼河北音书断,丹凤城南秋夜长。
为谁含愁独不见,更教明月照流黄。

（沈佺期《古意》）

至于"兴"体在古诗乐府中的例子很多,而近体诗中却很少见。近体诗的开端大都介于"赋"、"兴"之间的,而所兴之物与兴物也不如

《诗经》上的那么毫无关系。古诗如《古诗为焦仲卿妻作》的开端:

孔雀东南飞,五里一徘徊。

据胡适考证,以为这是节缩民歌的一部分的,这民歌见于《玉台新咏》:

飞来双白鹄,乃从西北来。十十将五五,罗列行不齐。忽然卒疲病,不能飞相随。五里一反顾,六里一徘徊。吾欲衔汝去,口噤不能开。吾将负汝去,羽毛日摧颓。乐哉新相知,忧来生别离。踯躅顾群侣,泪落纵横垂。今日乐相乐,延年万岁期。

同时,《乐府诗集》里也有同样的古辞。这件事与焦仲卿夫妇的不能久合相同,所以节缩了,放在原诗的前面,以兴起本事来,这是很好的"兴"的例子。又如乐府诗的《欢闻变歌》:

黄葛生烂漫,谁能断葛根?宁断娇儿乳,不断郎殷勤。

至如"比"的例子,在古诗乐府中也不少,近体诗中的咏物诗也大抵是这一类。如古诗中的《团扇诗》:

新裂齐纨素,皎洁如霜雪。
裁成合欢扇,团团似明月。
出入君怀袖,动摇微风发。
常恐秋节至,凉飙夺炎热。
弃捐箧笥中,恩情中道绝。

一方面说团扇,一方面也是说自己被弃之恨。此诗有人题班婕妤所作,恐不甚可靠。又如近体诗中苏轼的《红梅》:

怕愁贪睡独看迟,自恐冰容不入时。
故作小红桃杏色,尚余孤瘦雪霜姿。
寒心未肯随春态,酒晕无端上玉肌。
诗老不知梅格在,更看绿叶与青枝。

又如骆宾王的《狱中闻蝉》:

西陆蝉声唱,南冠客思深。不堪玄鬓影,来对白头吟。
露重飞难进,风多响易沉。无人信高洁,谁为表予心。

但是"赋"、"比"、"兴"三者并非各自为一体,而不相混淆的,后来作者,也且相参用,同是一首诗中也有赋,也有比,也有兴。或有二而

无一,或有一而无二的。这全在乎作者的技巧,不必强为分类。例如李白的《古意》一首,便介乎这三者之间的:

> 君为女萝草,妾作菟丝花。轻条不自引,为逐春风斜。
> 百丈托远松,缠绵成一家。谁言会面易,各在青山崖。
> 女萝发馨香,菟丝断人肠。枝枝相纠结,叶叶竞飘扬。
> 生子不知根,因谁共芬芳?中巢双翡翠,上宿紫鸳鸯。
> 若识二草心,海潮亦可量。

反而开首是"赋"而下面是"比"了,这是以"赋"为"兴"的一个例子。

由此足见六义于后来的诗的影响很大,当初诗人在作品中归纳出"赋"、"比"、"兴"这三种写诗的原则出来,颇不容易。而风雅只是《诗经》一书体制上的名称,作后世用以评诗的标准,的确是拘迂的见解。从《诗经》到《楚辞》,从《楚辞》到古诗与乐府再到近体,其中有着不可泯灭的关系,形式虽则不同,而原理是相同的。

第五章
古诗的发生

古诗的渊源,当然是遥颂《诗经》的,但七言诗的变化,和《楚辞》也不无关系。五言诗的起来,当早于七言诗。但五言诗究竟起于何时呢?诗学研究者对于这个问题,曾下过激烈的争辩。《诗经》上已有五言的句子,如"投我以木桃,报之以琼瑶","期我乎桑中,要我乎上宫","谁为雀无角?何以穿我屋?谁谓女无家?何以速我狱?"这些都是纯粹的五言。但是《诗经》以后,到古诗的五言,其中尚没有什么联系,同时四言中偶然发现的五言诗与后来全诗五言的也大不相同,那么形态完整的五言古诗,应该从何时说起?

梁朝钟嵘的《诗品》中曾论到这个问题,他说:"《夏歌》曰:'郁陶久于心',《楚辞》曰:'名余曰正则',虽诗体未全,然是五言之滥觞也。逮汉李陵始著五言之目矣。"苏武、李陵赠答之诗,初见于《文选》:

骨肉缘枝叶，结交亦相因。四海皆兄弟，谁为行路人？况我连枝树，与子一同身。昔为鸳与鸯，今为参与辰。昔者常相近，邈若胡与秦。惟念当乖离，恩情日以新。鹿鸣思野草，可以喻嘉宾。我有一罇酒，欲以赠远人。愿子留斟酌，叙此平生亲。

　　结发为夫妻，恩爱两不疑。欢娱在今夕，嬿婉及良时。征夫怀远路，起视夜何其。参辰皆已没，去去从此辞。行役在战场，相见未有期。握手一长欢，泪为生别兹。努力爱春华，莫忘欢乐时。生当复来归，死当长相思。

　　黄鹄一远别，千里顾徘徊。胡马失其群，思心常依依。何况双飞龙，羽翼临当乖。幸有弦歌曲，可以喻中怀。请为游子吟，泠泠一何悲。丝竹厉清声，慷慨有余哀。长歌正激烈，中心怆以摧。欲展清商曲，念子不能归。俯仰内伤心，泪下不可挥。愿为双黄鹄，送子俱远飞。

　　烛烛晨明月，馥馥秋兰芳。芬馨良夜发，随风闻我堂。征夫怀远路，游子恋故乡。寒冬十二月，晨起践严霜。俯观江汉流，仰视浮云翔。良友远别离，各在天一方。山海隔中州，相去悠且长。嘉会难再过，欢乐殊未央。愿君崇令德，随时爱景光。

　　　　　　　　　　——以上四首为苏武与李陵诗

良时不再至,离别在须臾,屏营衢路侧,执手野踟蹰。仰视浮云驰,奄忽互相逾。风波一失所,各在天一隅。长当从此别,且复立斯须。欲因晨风发,送子以贱驱。

嘉会难再遇,三载为千秋。临河濯长缨,念子怅悠悠。远望悲风至,对酒不能酬。行人怀往路,何以慰我愁。独有盈觞酒,与子结绸缪。

携手上河梁,游子暮何之?徘徊蹊路侧,悢悢不能辞。行人难久留,各言长相思。安知非日月,弦望自有时。努力崇明德,皓首以为期。

——以上李陵与苏武诗三首

沈德潜承认它是真的,说它是五言诗之祖。他以为苏武诗首章别兄弟,次章别妻,三四章别友。他承认是真诗的理由是:

音极和,调极谐,字极稳,自是汉人古诗,后人摹仿不得,所以为至。

但是单是这理由是不能成立的,《汉书》又有李陵别苏武歌,是七言的楚歌体,如前几首诗是真的,何以体制不同,而《汉书》又何以不录？所以我们可以断定这几首诗是伪托的。刘勰先发生了疑心,而《容斋随笔》中云:"予观李诗云:'独有盈觞酒,与子结绸缪','盈'字正惠帝讳,汉法触讳者有罪,不应陵敢用之。"《十驾斋养新录》也说:"观《汉书·李陵传》,置酒起舞作歌,初非五言,则知河梁唱和,出于后人依托。"苏轼《答刘沔书》中也论到"李陵苏武赠别长安而诗有'江汉'之语。"《文选旁证》引:"苏李二子之留匈奴,皆在天汉初年,其相别则在始元五年,是二子同居者十八九年之久矣。安得仅云三载佳会乎?"根据以上种种,足见李苏赠答之诗,不是五言古诗的最早之作。

日本人铃木虎雄曾在《小说月报》上发表一篇《五言诗发生时期之疑问》,以为五言的成立,在后汉章和之际。此后《东方杂志》上又有朱偰的《五言诗起原问题》引《楚汉春秋》所载的虞美人答项羽歌为最早的五言诗。原诗是:

汉兵已略地,四面楚歌声。大王意气尽,贱妾何聊生?

这一首诗也有疑问,第一,现存的《楚汉春秋》是否陆贾原作,尚成问题。第二,这时候的《易水歌》、《大风歌》和项羽的《垓下歌》,都是楚辞体。如《垓下歌》:

力拔山兮气盖世,时不利兮骓不驰。

骓不驰兮可奈何,虞兮虞兮奈若何?

何以《虞美人歌》会突然成整齐的五言诗呢?第三,司马迁的《史记》独载《垓下歌》而不载《虞美人歌》,如果当时的确有这歌的话,司马迁为什么不录?即使遗漏,陆贾又何从知道。所以这首诗也不能作五言最早的代表。

那么,我们只能以《古诗十九首》来作检讨的对象了。《古诗十九首》见于《文选》,也见于《玉台新咏》,原诗是:

行行重行行,与君生别离。相去万余里,各在天一涯。道路阻且长,会面安可知?胡马依北风,越鸟巢南枝。相去日已远,衣带日以缓。浮云蔽白日,游子不顾返。思君令人老,岁月忽已晚。弃捐勿复道,努力加餐饭!

青青河畔草,郁郁园中柳。盈盈楼上女,皎皎当窗牖。娥娥红粉妆,纤纤出素手。昔为倡家女,今为荡子妇。荡子行不归,空床难独守。

青青陵上柏,磊磊涧中石。人生天地间,忽如远行客。斗酒相娱乐,聊厚不为薄。驱车策驽马,游戏宛与洛。洛中何郁郁,冠带自相索。长衢罗夹巷,王侯多第宅。雨宫遥相望,双阙百余尺。极宴娱心意,戚戚何所迫。

今日良宴会,欢乐难具陈。弹筝奋逸响,新声妙入神。令德唱高言,识曲听其真。齐心同所愿,含意俱未伸。人生寄一世,奄忽若飙尘。何不策高足,先据要路津。无为守穷贱,坎轲长苦辛。

西北有高楼,上与浮云齐。交疏结绮窗,阿阁三重阶。上有弦歌声,音响一何悲!谁能为此曲,无乃杞梁妻。清商随风发,中曲正徘徊。一弹再三叹,慷慨有余哀。不惜歌者苦,但伤知音稀。原为双黄鹄,奋翅起高飞。

涉江采芙蓉,兰泽多芳草。采之欲遗谁,所思在远道。还顾望旧乡,长路漫浩浩。同心而离居,忧伤以终老。

明月皎夜光,促织鸣东壁。玉衡指孟冬,众星何历历。白露沾野草,时节忽复易。秋蝉鸣树间,玄鸟逝安适。昔我同门友,高举振六翮。不念携手好,弃我如遗迹。南箕有北斗,牵牛不负轭。良无盘石固,虚名复何益。

冉冉孤生竹,结根泰山阿。与君为新婚,兔丝附女萝。兔丝生有时,夫妇会有宜。千山远结婚,悠悠隔山陂。思君令人老,轩车来何迟！伤彼蕙兰花,含英扬光辉。过时而不采,将随秋草萎。君亮执高节,贱妾亦何为？

庭中有奇树,绿叶发华滋。攀枝折其荣,将以遗所思。馨香盈怀袖,路远莫致之。此物何足贵,但感别经时。

迢迢牵牛星,皎皎河汉女。纤纤擢素手,扎扎弄机杼。终日不成章,泣涕零如雨。河汉清且浅,相去复几许。盈盈一水间,脉脉不得语。

回车驾言迈,悠悠涉长道。四顾何茫茫,东风摇百草。所遇无故物,焉得不速老。盛衰各有时,立身苦不早。人生非金石,岂能长寿考。奄忽随物化,荣名以为宝。

东城高且长,逶迤自相属。回风动地起,秋草萋以绿。四时更变化,岁暮一何速！晨风怀苦心,蟋蟀伤局促。荡涤放情志,何为自结束。燕赵多佳人,美者颜如玉。被服罗裳衣,当户理清曲。音响一何悲！弦急知柱促。驰情整巾带,沉吟聊踯躅。思为双飞燕,衔泥巢君屋。

驱车上东门,遥望郭北墓。白杨何萧萧,松柏夹广路。下有陈死人,杳杳即长暮。潜寐黄泉下,千载永不寤。浩浩阴阳移,年命如朝露。人生忽如寄,寿无金石固。万岁更相送,贤圣莫能度。服食求神仙,多为药所误。不如饮美酒,被服纨与素。

去者日以疏,来者日以亲。出郭门直视,但见丘与坟。古墓犁为田,松柏摧为薪。白杨多悲风,萧萧愁杀人。思还故里闾,欲归道无因。

生年不满百,常怀千岁忧。昼短苦夜长,何不秉烛游!为乐当及时,何能待来兹。愚者爱惜费,但为后世嗤。仙人王子乔,难可与等期。

凛凛岁云暮,蝼蛄夕鸣悲。凉风率已厉,游子寒无衣。锦衾遗洛浦,同袍与我违。独宿累长夜,梦想见容辉。良人惟古欢,枉驾惠前绥。愿得长巧笑,携手同车归。既来不须臾,又不处重闱。亮无晨风翼,焉能凌风飞。眄睐以适意,引领遥相希,徙倚怀感伤,垂涕沾双扉。

孟冬寒风至,北风何惨栗?愁多知夜长,仰观众星列。三五明月满,四五蟾兔缺。客从远方来,遗我一书札。上言长相思,下言久离别。置书怀袖中,三岁字不灭。一心抱区区,惧君不识察。

客从远方来,遗我一端绮,相去万余里,故人心尚尔。文彩双鸳鸯,我为合欢被。著以长相思,缘以结不解,以胶投漆中,谁能鉴别此。

明月何皎皎,照我罗床帏。忧愁不能寐,揽衣起徘徊。客行虽云乐,不如早旋归。出户独彷徨,愁思当告谁。引领还入房,泪下沾裳衣。

其中,《冉冉孤生竹》一篇,依《文心雕龙·明诗》篇所说:"古诗佳丽,或称枚叔,其《孤竹》一篇,则傅毅之词",《驱车上东门》,上东门是洛阳的城名,"遥望郭北墓"指北邙山而言,可以断定它是东汉时代的作品。《青青陵上柏》,《文选》注:"诗云……'游戏宛与洛',此则辞兼东都矣。"《艺苑丛谈》中也说:

宛洛为故周都会。但"王侯多第宅",周世王侯不言第宅,"两宫"、"双阙"亦似东京语。

《今日良宴会》、《北堂书钞》引以为是曹植的作品。《明月皎夜光》

诗中的"促织"不见于《尔雅》、《方言》，汉末纬书中才有，所以也可以断定是东汉的作品。《去者日以疏》一首，《诗品》以为也是曹植所作。《生年不满百》，朱彝尊《书玉台新咏后》"剪裁长短句作五言，移其前后杂糅置十九首中"，所以也非西汉时作品，《凛凛岁云暮》，有人以为"锦衾遗洛浦"也是指洛阳的。《孟冬寒气至》中有"四五蟾兔缺"。蟾兔并居始见于张衡《灵宪》。汉末纬书，才以二物来代替月亮。其余十首，作者不可考，但是《玉台新咏》指《青青河畔草》、《西北有高楼》、《涉江采芙蓉》、《庭中有奇树》、《迢迢牵牛星》、《明月何皎洁》七首为枚乘的作品。但刘勰只称"或称枚叔"。也是不肯定的话，所以我以为西汉时代是否已有正式的五古诗，尚是问题。但我相信这时候的民间已流行五字句的歌词了。如李延年的：

  北方有佳人，绝世而独立。一笑倾人城，再顾倾人国。宁不知倾国与倾城，佳人难再得！

又如《陌上桑》、《十五从军征》等等也是民间五言的佳作。不过其余的不曾为士大夫所注意罢了。东汉时的五言已经成立，不但成立，而有长篇的故事诗的产生。上例《陌上桑》便是一个例。到了汉代末年，有蔡邕的女儿蔡琰的《悲愤诗》，她先嫁给卫氏，夫死无子，兴平间为胡骑掠去，在南匈奴居住十二年，生了两个儿子，曹操怜蔡邕无嗣，用金璧赎回，再嫁给董祀，她感伤流离而作此诗：

汉季失权柄，董卓乱天常。志欲图篡弑，先害诸贤良。逼迫迁旧邦，拥王以自强。海内兴义师，欲共讨不祥。卓众来东下，金甲耀日光。平上人脆弱，来兵皆胡羌。猎野围城邑，所向悉破亡。斩截无孑遗，尸骸相撑拒。马边悬男头，马后载妇女。长驱西入关，迥路险且阻。还顾邈冥冥，肝胆为烂腐。所略有万计，不得令屯聚。或有骨肉俱，欲言不敢语。失意几微间，辄言毙降虏。要当以亭刃，我曹不活汝！岂敢惜性命，不堪其詈骂。或便加棰杖，毒痛参并下。日则号泣行，夜则悲吟坐。欲死不能得，欲生无一可。彼苍者何辜，乃遭此厄祸。

边荒与华异，人俗少义理。处所多霜雪，胡风春夏起。翩翩吹我衣，肃肃入我耳。感时念父母，哀叹终无已。有客从外来，闻之常欢喜。迎问其消息，辄复非乡里。邂逅徼时愿，骨肉来迎己。己得自解免，当复弃儿子。天属缀人心，念别无会期。存之永乖隔，不忍与之辞。儿前抱我颈，问母欲何之，人言母当去，岂复有还时？阿母常仁恻，今何更不慈？我尚未成人，奈何不顾思。见此崩五内，恍惚生狂痴。号泣手抚摩，当发复回疑。兼有同时辈，相送告别离。慕我独得归，哀叫声摧裂。马为立踟蹰，车为不转辙。观者皆歔欷，行路亦呜咽。

去去割情恋，遄征日遐迈。悠悠三千里，何时复交会。念我出腹子，胸臆为摧败。既至家人尽，又复无中外。城郭为山林,庭宇生荆艾,白骨不知谁,纵横莫覆盖。出门无人声,豺狼嗥且吠。茕茕对孤景,坦咤糜肝肺。登高远眺望,魂神忽飞逝。奄若寿命尽,旁人相宽大。为复强视息,虽生何聊赖。托命于新人,竭心自勖励。流离成鄙贱,常恐复捐废。人生几何时,怀忧终年岁。

《孔雀东南飞》(即《古时焦仲卿妻作》)凡三百五十三句、一千七百六十五个字,见于《玉台新咏》中。前面有序道:

> 汉末建安中,庐江府小吏焦仲卿妻刘氏为仲卿母所遣,自誓不嫁,其家迫之,乃投水而死。仲卿闻之,亦自绝于庭树,时人伤之,为诗云尔。

此诗大都认为汉代的作品,因为序上明明说出是"建安"。但梁启超以为受了佛教的影响,为六朝人所作。不过它里面却没有佛教思想的色彩。又有人以为"新妇入青庐"的"青庐"根据《酉阳杂俎》是北朝结婚的名词。但《北史》也载青庐是普通常用的东西。所以胡适的主张以为定为六朝人作也没有什么确定的证据。所以这诗的时期离建安定不甚远。

再来说七言古诗的起源吧,《诗经》里七言诗的例子也很多,像"胡取禾三百廛兮"、"维今之疚不在兹",不过格调不很自然罢了。

而《楚辞》中的七言更多，如"采三秀兮于山间，石磊磊兮葛蔓蔓，怨公子兮怅忘归，君思我兮不得闲。"关于七言的起源，沈德潜在《说诗晬语》中说："《大风》、《柏梁》，七言权舆也。"但是《大风》是《楚歌》，是乐府而不是古诗。又《柏梁》联句完全是托名集句的：

> 日月星辰和四时，汉武帝。骖驾驷马从梁来，梁王，孝武王。郡国士马羽林材，大司马。总领天下诚难治，丞相石庆。和抚四夷不易哉，大将军卫青。刀笔之吏臣执之，御史大夫倪宽。撞钟伐鼓声中诗，太常周建德。宗室广大日益滋，宗正刘安国。周卫交戟禁不时，卫尉路博德。总领从宗柏梁台，光禄勋徐自为。平理清谳决嫌疑，廷尉杜周。修饰舆马待驾来，太仆公孙贺。郡国吏功差次之，大鸿胪壶充国。乘舆御物主治之，少府王温舒。陈粟万石扬以箕，大司农张成。徼道宫下随讨治，执金吾中尉豹。三辅盗贼天下危，左冯翊盛宣。盗阻南山为民灾，右扶风李成信。外家公主不可治，京兆尹。椒房率更领其材，詹事陈掌。蛮夷朝贺常舍其，典属国柱。柱枅欂栌相枝持，大匠。枇杷橘栗桃李梅，大官令。走狗逐兔张罘罳，上林令。啮妃女唇甘如饴，郭舍人。迫窘诘屈几穷哉，东方朔。

关于这一首诗，后人均道是伪作，顾炎武在《日知录》中考证很详核，足以证明它是假骨董，因柏梁台根本在这时候已经没有了。他说：

汉武《柏梁台诗》，本出《三秦记》，云是元封三年作为，而考之于史，则多不符，按《史记》及《汉书·孝景记》，中元六月夏四月，梁王薨，《诸侯王表》梁孝武王三十五年薨，孝景后元年，恭王买嗣，七年薨，建元五年，平王襄嗣，四十年薨……又按《孝武纪》元鼎二年春起，柏梁台，是为梁平王二十二年，而孝王之薨，至此已二十九年；又七年，始为元封三年。……又按平襄王之十年，为元朔二年，来朝，其三十六年，为太初四年，来朝，皆不当元封事。又按《百官公卿表》，郎中令，武帝太初元年，更名光禄勋、典客，景帝六年更名大行令，武帝太初元年更名大鸿胪；治粟内史，景帝后元年更名大农令，武帝太初元年更名大司农；中尉，武帝太初元年更名执金吾，内史景帝二年分置左内史右内史，武帝太初元年更名京兆尹；左右内史更名左冯翊，主爵中尉，乾帝六年更名都尉，武帝太初元年更名右扶风。凡此六官，皆太初以后之名，不应预书于元封时。……按《世家》，梁孝王二十九年（《表》孝景前七年）十月入朝，景帝使使节来与驷马迎梁于阙下，臣瓒曰："天子副车驾驷马，此一时异数，平王安得有此？"

所以这首诗不能说它是七古之祖。它的内容又非常恶劣，简直是在说鬼话，经他说破，便觉得完全是伪作的。伪作的诗，如何可以举他为七言诗之祖呢？此外也有人依据王嘉《拾遗记》中的《淋池歌》为七古最早之作：

　　　　秋素景兮泛洪波，指纤手兮折芰荷；凉风凄凄扬棹歌，云先开曙月低河，万岁为乐岂云多。

但这首诗也并不靠得住，第一是《拾遗记》本身的问题，第二即使是真的，也是楚歌而不是古诗。所以正式的七言古诗，就我们现在所见到的，常以曹植的《燕歌行》为最早：

　　　　秋风萧瑟天气凉，草木摇落露为霜，群燕辞归雁南翔。念君客游思断肠，慊慊思归恋故乡，君何奄留寄他方。贱妾茕茕守空房，忧来思君不可忘，乃觉泪下沾衣裳。援琴鸣弦发清商，短歌微吟不能长。明月皎皎照我床，星汉西流夜未央。牵牛织女遥相望，尔独何辜限河梁？

所以严格地说起来我们承认五言古诗起于东汉，七言古诗起于三国，五言所以早于七言的原因是为了五言句语简捷，容易组成，而七言则字数较多，难于安排；于五言律诗绝句的早于七言律诗绝句的理由相同。但是论诗者往往喜欢将它远攀上古，以为出于《诗经》，其实它们在《诗经》之后，又是另外突起的一种诗式而实际上却与《诗经》、《楚辞》的句法完全不同的。

第六章
古诗的演进

魏代诗人除曹氏三祖之外,尚有所谓"建安七子"。据曹丕《典论》所说:

> 今之文人,鲁国孔融,广陵陈琳,山阳王粲,北海徐干,陈留阮瑀,汝南应玚,东平刘桢:斯七子者,于学无所遗,于辞无所假。咸自以骋骐骥于千里,仰齐足而并驰。

七子之中,以王粲最负盛名,《文心雕龙》称:"摘其诗赋,则七子之冠冕乎?"而《诗品》以为他"发愀怆之辞,异曹刘之体,方陈思不足,比魏文有余。"而方东树竟以为杜甫出于王粲。沈归愚又谓杜甫《无家别》、《垂老别》诸篇出于他的《七哀诗》:

西京乱无象,豺虎方遘患。复弃中国去,委身适荆蛮。亲戚对我悲,朋友相追攀。出门无所见,白骨蔽平原。路有饥妇人,抱子弃草间。顾闻号泣声,挥涕独不还。未知身死处,何能两相完?驱马弃之去,不忍听此言。南登霸陵岸,回首望长安。悟彼泉下人,喟然伤心肝。

刘桢在《诗品》中也有好评:"桢诗真骨凄霜,高风夸俗,但气过其文,雕润甚少,然自思王以下,桢称独步。"举《赠从弟》三首之一:

亭亭山上松,瑟瑟谷中风。风声一何盛,松枝一何劲!
冰霜正惨凄,终岁常端正。岂不罹凝寒,松柏有本性!

七子之外有孔融,诗亦高古,不在刘桢之下,这时期所作大抵以五言古诗为多。

阮籍字嗣宗,是七子中阮瑀的儿子。《文心雕龙》评他的诗为"遥深"。他行为猖乱,才藻艳逸,所做诗以《咏怀》最出名,此诗共八十二首,大半是忧时之作。故颜延年说:"嗣宗身仕乱朝,常恐罹谤遇祸,因兹发咏,故每有忧生之讥,虽事在刺讥,而分多隐避。百世而下,难以情恻。"兹录三则:

夜中不能寐,起坐弹鸣琴。薄帷鉴明月,清风吹我襟。

孤鸿号外野,翔鸟鸣北林。徘徊将何见?忧思独伤心。

平生少年时,轻薄好弦歌。西游咸阳中,赵李相经过。
娱乐未终极,白日忽蹉跎。驱车复来归,反顾望三河。
黄金百镒尽,资用常苦多。北临太行道,失路将如何。

朝阳不再盛,白日忽西幽。去此若俯仰,如何似九秋。
人生若尘露,天道邈悠悠。齐景升丘山,涕泗纷交流。
孔圣临长川,惜逝忽若浮。去者余不及,来者吾不留。
愿登太华山,上与松子游。渔夫知世患,乘流泛轻舟。

其后,有嵇康,沈归愚评:"叔夜四言诗时多俊语,不摹三百篇,允为晋人先声。"他的诗以四言为多。其《幽愤诗》是悲怀之作,据《晋书》本传"康与吕安善,安后为兄所枉诉,以事系狱,词相证引,遂收康,康乃作此诗。"

西晋诗人,有三张二陆两潘一左。三张,是张载、张协、张亢;二陆是陆机和陆云;两潘,是潘岳与潘尼;一左,是左思。其中以左思(太冲)的诗最为杰出,沈归愚称他"胸次高旷,而笔力又复雄迈,故是一代作手。岂潘、陆所能比埒?"他的咏史诗实在是旷古绝今之作。《诗薮》中说:

咏史之名,起自孟坚,但指一事,魏杜挚叠用古人名,堆垛寡变。太冲题实因班体,而造语奇伟,创格新特,遂为古今绝唱。

《诗品》却以为他野于陆机而深于潘岳,并非确论。兹录其咏史二首:

弱冠弄柔翰,卓荦观群书。著论准《过秦》,作赋拟《子虚》。
边城苦鸣镝,羽檄飞京都。虽非甲胄士,畴昔览穰苴。
长啸激清风,志若无东吴。铅刀贵一割,梦想骋良图。
左盼澄江湘,右盼定羌湖。功成不受爵,长揖归田庐。

习习笼中鸟,举翮触四海。落落穷巷士,抱影守空庐。
出门无通路,枳棘塞中涂。计策弃不收,块若枯池鱼。
外望无寸禄,内顾无斗储。亲戚还相蔑,朋友日夜疏。
苏秦北游说,李斯西上书。俯仰生荣华,咄嗟复雕枯。
饮河期满腹,贵足不愿余。巢林栖一枝,可为达士模。

不在三张两陆之中的诗人,堪与左思齐名的,是郭璞。作有《游仙诗》十四首。《文心雕龙》称为"挺拔而为俊"。他和左思一样能自出新意,为《游仙诗》另辟一条蹊径。例如:

京华游侠窟,山林隐遯栖。朱门何足荣,未若托蓬莱。

临源挹清波,陵冈掇丹荑。灵溪可潜盘,安事登云梯。
漆园有傲吏,莱氏有逸妻。进则保龙见,退为触藩羝。
高蹈风尘外,长揖谢夷齐。

次之,张华与陆机齐名,潘岳的《悼亡诗》,其评价实在张、陆二人的作品之上。《诗品》以为不及陆机,也并不尽然。他的《悼亡诗》的第一首是:

荏苒冬春谢,寒暑忽流易。之子归穷泉,重壤永幽隔。
私怀谁克从,淹留亦何益。僶俛恭朝命,回心反初役。
望庐思其人,入室想所历。帏屏无仿佛,翰墨有余迹。
流芳未及歇,遗挂犹在壁。怅恍如或存,周遑忡惊惕。
如彼翰林鸟,双栖一朝只。如彼游川鱼,比目中路折。
春风缘隙来,晨溜承檐滴。寝息何时忘?沉忧日盈积。
庶几有时衰,庄缶犹可击。

他有深情,有至感,比陆机的专事模拟高明得多了。《宋书·谢灵运传》中说:"降及元康,潘、陆特秀,律异班、马,体变曹、王。缛旨星稠,繁分绮合。"以潘、陆并称,实在是不妥当的。

晋代诗人之中,影响于后的甚大,而能独树一帜、卓立当时的,是陶潜。他的诗冲淡而有性灵,与潘、左的故意作古不同,唐人的田园诗,便受了他的影响。

陶潜字元亮,一字渊明,浔阳柴桑人。他的《五柳先生传》,正是他自己的写照。所谓"好读书,不求甚解,每有会意,欣然忘食;性嗜酒,而家贫不能恒得。"当时颇好老庄,善谈哲理,而陶潜却能不同凡俗特立一格,所以是难能可贵的。钟嵘评他的诗:

> 其原出于应璩,又协左思风力。文体省净,殆无长语。笃意真古,辞兴婉惬,每观其文,想其人德。至如"欢言酌春酒"、"日暮天无云",风华清靡,岂直为田家语耶?古今隐逸诗人之宗也。

他所说的出于应璩,未必可靠。但说他是"古今隐逸诗人之宗"确是至语。而沈德潜评为"王右丞得其清腴。孟山人得其闲远,储太祝得其真朴,韦苏州得其冲和,柳柳州得其峻洁"。虽未必尽如他说,但陶潜的诗的影响于唐代之田园冲淡一派自无可疑!他的诗如:

少无适俗韵,性本爱丘山。误落尘网中,一去三十年。
羁鸟恋旧林,池鱼思故渊。开荒南野际,守拙归园田。
方宅十余亩,草屋八九间。榆柳荫后园,桃李罗堂前。
暧暧远人村,依依墟里烟。狗吠深巷中,鸡鸣桑树巅。
户庭无尘杂,虚堂有余闲。久在樊笼里,复得返自然。

(《归田园居》)

种豆南山下,草盛豆苗稀。晨兴理荒秽,带月荷锄归。
道狭草木长,夕露沾我衣。衣沾不足惜,但使愿无违。

(同上)

结庐在人境,而无车马喧。问君何能尔?心远地自偏。
采菊东篱下,悠然见南山。山气日夕佳,飞鸟相与还。
此中有真意,欲辨已忘言。

(《饮酒》)

刘勰说:"宋初文咏,庄老告退而山水方滋。俪采百字之偶,争价一句之奇。情必极貌以写物,辞必穷力而追新。"所谓山水诗便是指谢康乐(灵运)的诗而言的。他笃信佛教,又喜游玩山水。《宋书》本传说他:

寻山陟岭,必造幽峻,登蹑常著木履,上山则去前齿,下山去其后齿。

所以难怪他多写景之作了。《岘佣说诗》称"大谢山水游览之作,极为镵削,镵可矫平熟,镵削失却温厚。"他的诗已有对偶的气味,是近体诗的先声。例如《石壁精舍还湖中作》:

昏旦变气候,山水含清晖。清晖能娱人,游子憺忘归。

> 出谷日尚早,入舟阳已微。林壑敛暝色,云霞收夕霏。
> 芰荷迭映蔚,蒲稗相因依。披拂趋南径,愉悦偃东扉。
> 虑澹物自轻,意惬理无违。寄言摄生客,试用此道推。

虽然语句华采,但已不及陶潜那么自然拓落了。

当时人以颜延之与谢灵运并称,当时和尚汤惠休说:"谢诗如芙蓉出水,颜如错采缕金。"当然这批评是指颜诗不及谢诗的。其实这是实话,并不是惠休故意中伤他。据说,颜延之瞧不起惠休,又妒忌鲍照,故以鲍照和惠休并论,他评惠休说:"惠休制作,委巷中歌谣耳。"但是以惠休与鲍照并论实在便宜了他。鲍照的诗,实远驾于延之之上。本传里说他因宋文帝以文章自高,颇妒忌,所以照做诗不敢尽其才。《诗品》中说:"嗟其才秀人微,故取湮当代。"足见这种情形,并不是虚传的。杜甫深了解了他的诗才,举他和庾信并论,说:"清新庾开府,俊逸鲍参军。"如他的《拟行路难》:

> 奉君金卮之美酒,玳瑁玉匣之雕琴。
> 七彩芙蓉之羽帐,九华葡萄之锦衾。
> 红颜零落岁将暮,寒光宛转时欲沉,
> 愿君裁悲且减思,听我抵节行路吟。
> 不见柏梁铜雀上,宁闻古时清吹音?

竟像李白的古风。所以沈德潜说:"明远(鲍照)乐府,开人世所未有,后太白往往效之。"

齐诗以谢朓为最,沈归愚说:"玄晖灵心秀口,每诵名句,渊然冷然,觉笔墨之中,笔墨之外,别有一段深情妙理。"虽然他的诗已开齐梁之风,但和沈约一比,尚少刻画的痕迹。而秀美之气,溢于辞外。故为李白所重。"解道澄江静如练,令人常忆谢玄晖","蓬莱文章建安骨,中间小谢又清发。"他的诗如《暂使下都夜发新林至京邑赠西府同僚》:

大江流日夜,客心悲未央。徒念关山近,终知返路长。
秋河曙耿耿,寒渚夜苍苍。引领见京室,宫雉正相望。
金波丽鳷鹊,玉绳低建章。驱车鼎门外,思见昭丘阳。
驰晖不可接,何况隔两乡?风云有鸟道,江汉限无梁。
常恐鹰隼击,时菊委严霜。寄言罻罗者,寥廓已高翔。

沈约提倡声调以后,到唐代近体正式成立之间,其中也有不少可诵的名作,和有天才的作者,不受声律拘束的也有不少。江淹是梁代文章的名作者,他的古诗,不尽如沈氏之协律。但沈归愚说他"颇能修饬而风骨未高"。如《休上人怨别》:

西北秋风至,楚客心悠哉。日暮碧云合,佳人殊未来。
露彩方泛艳,月华始徘徊。宝书为君掩,瑶琴讵能开?

相思巫山渚,怅望阳云台。高炉绝沉潦,绮席生浮埃。
桂水日千里,因之平生怀。

此外,何逊与阴铿并称,沈氏称何诗"虽泛风骨,而情词宛转,浅语俱深,宜为沈范心折"。阴铿诗颇为杜甫所重,尝有诗道:"颇学阴何苦用心。"又说:"李侯有佳句,往往似阴铿。"足见在协律诸诗中,这两位诗人算是特出的人才。各举一首为例:

幽栖多暇预,从役知辛苦。解缆及朝风,落帆依暝浦。
违乡已信次,江月初三五。沉沉夜看流,渊渊朝听鼓。
霜洲渡旅雁,朔飙次宿莽。夜泪坐淫淫,是夕偏怀土。

(何逊《宿南洲浦》)

鹫岭春光遍,王城野望通。登临情不极,萧散趣无穷。
莺随入户树,花逐下山风。栋里归云白,窗外落晖红。
古石何年卧,枯树几春空?淹留昔未及,幽桂在芳丛。

(阴铿《开善寺》)

六朝近体诗式的古诗,以徐陵、庾信为殿军了。他们两人的诗,完全是和唐代律诗差不多,而琢雕字面也非常努力。但在一般的作者中,已算杰出了。但以诗而论,何不如庾。沈归愚说:

子山诗固是一时作手,造句能新,使事无迹。比何水部似又过之。

又说他"于琢句之中,复饶清气,故能拔出于流俗之中"。这见解是对的。

愿子厉风规,归来振羽仪。嗟余今老病,此别空长离。
白马君来哭,黄泉我讵知。徒劳脱宝剑,空挂陇头枝。
(徐陵《别毛永嘉》)。

春江下白帝,画舸向黄牛。锦缆同沙碛,兰桡避荻洲。
麏花随水泛,空巢逐树流。建平船柹下,荆门战舰浮。
岸社多乔木,山城足回楼。日落江风静,龙吟回上游。
(庾信《奉和泛江》)

当年腊月半,已觉梅花阑。不信今春晚,俱来雪里看。
树动悬冰落,枝高出手寒。早知觅不见,真悔著衣单。
(庾信《梅花》)

古诗变到这时,再也不能称为古诗了。古诗的演变也只能叙到这里为止。

古诗自然在这声律严明的制度下蜕化了。虽然唐代也有人学古诗,而古诗自然地流变到这里已告终止。以后的不过是复活回光而已。这虽然是自然的现象,但是我们不能不说诗之披上了桎梏,是"诗"的一种很大的损失。这时代的文章,也跟了诗的风气,一变而为专重形式的东西。当时裴子野的《雕虫论》就力言其不合理,"其兴浮,其志弱,巧而不要,隐而不深。……荀卿有言:'乱世之征,文章匿而采',斯岂近之乎!""巧而不要,隐而不深",这批评是对的!所以钟嵘《诗品》中赞成诗有韵的原则,而反对严格的音律,更反对用事太多。同时,萧纲的《与湘东王书》也有一段精辟的论列,不妨引来作这一章的结论:

> 比闻京师文体懦钝,殊常竞学浮疏,争为阐缓。……既殊比兴,正背风骚。……未闻吟咏情性,反拟《内则》之篇;提笔写志,更摹《酒诰》之作。"迟迟春日",翻学《归藏》;"湛湛江水",遂同《大传》。吾既拙于为文,不敢轻有掎摭。但当世之作,历方古之才人……观其遣辞用心,了不相似。若以今文为是,则古文为非。若昔贤可称,则今体宜弃。

可是当时风气如此,绝非一二人所能挽回,同时其来已久,即无沈约、王融的提倡音律,也要渐渐变成排偶,当时虽有人能知其弊,却无法加以矫正了。

第七章
古乐府与新乐府

《楚辞》以后,南方文艺已勃盛起来,楚歌也渐渐地通行了。《史记》中的《易水歌》"风萧萧兮易水寒,壮士一去兮不复还。"项羽的《垓下歌》以及汉高祖的《大风歌》,都是楚调。乐府之名,始于汉武帝时,《汉书·礼乐志》:

武帝定郊祀之礼乃立乐府,以李延年为协律都尉。

但是它的滥觞却始乎刘邦的《大风歌》:"大风起兮云飞扬,威加海内兮归故乡,安得猛士兮守四方?"《史记·高祖本记》:

高祖已击布军会甄,还过沛,悉召父老子弟纵酒,发沛中儿得百二十人,教之歌,酒酣,高祖击筑自为歌曰:"……"令儿皆和习之。

所以原始的乐府诗是民间歌曲，采来合乐的，此后士大夫便自造乐府了。乐府的总集，是宋郭茂倩的《乐府诗集》，他分乐府为十二类：

一、郊庙歌辞

二、燕射歌辞

三、鼓吹曲辞

四、横吹曲辞

五、相和歌辞

六、清商曲辞

七、舞曲歌辞

八、琴曲歌辞

九、杂曲歌辞

十、近代曲辞

十一、杂歌谣舞

十二、新乐府辞

近人陆侃如将这十二类分为八类，又别为三组：

一、贵族乐俯——郊庙歌舞、燕射歌辞、舞曲。

二、外国乐府——鼓吹曲、横吹曲。

三、民间乐府——相和歌、清商曲、杂曲。

这完全是可以合乐的乐府而言的。这些乐府盛于汉代。《郊庙歌》也是汉代首倡的。《汉书·礼乐志》：

高祖时,叔孙通因秦人制《宗庙乐》……高帝六辞,又作《昭容乐》、《礼容乐》。《昭容乐》者,犹古之昭夏也,主出《武德舞》;《礼容乐》者,主出《文始》、《五行舞》。

但这三种歌词均已亡佚。今所存者,尚存《房中嗣乐》一种。《仪礼·燕礼》注:"谓之房中者,后夫人之所讽诵,以事其君子。"其实不然。《房中词乐》实在是野祀的一种。汉孝惠初,更名《安世乐》。此外又有郊祀歌十九章,《汉书·礼乐志》又说:

武帝定郊祀之礼,乃立乐府,以李延年为协律都尉,多举司马相如等数十人,造为诗赋,略论律吕,以合八音之调,作十九章之歌……郊祀歌十九章。《练时日》一,《帝临》二,《青阳》三,《朱明》四,《西颢》五,《玄冥》六,《惟泰》七,《天地》八,《日出入》九,《天马》十,《天门》十一,《景星》十二,《齐房》十三,《后皇》十四,《华烨烨》十五,《五神》十六,《朝陇首》十七,《众载瑜》十八,《赤蛟》十九。

举《天门》一首作例:

饰玉梢以舞歌兮,体招摇若永望。星留俞兮塞陨光,照紫幄兮珠烦黄。幡比翍兮回集,贰双飞兮常羊。月穆穆以金波兮,日华耀以宣明。驾清风兮轧急,激长至兮重觞。神裴回若流放兮,殚翼亲以肆章。

《燕射歌》,《乐府诗集》,分为《燕餐乐》、《大射乐》、《食举乐》三种。其歌词亦均已亡佚。孙诒让《周礼·正义》中说:

> 日中与夕食馔具减杀,别于礼食及朝食盛,故谓之燕食,《王制》孔疏谓食礼有二种:一是礼食,大行人诸公食礼九举,及公食大夫礼是也;二是燕食,谓臣下自与宾客旦夕共食。

至于《舞曲》,分《雅舞》与《杂舞》两种,《雅舞》用于庙堂,而《杂舞》用于方俗。《乐府诗集》中说:

> 雅舞者,郊庙朝餐,所奏《文》、《武》二舞是也。古之王者,乐有先后,以揖让得天下,则先奏文舞,以征代得天下,则先奏武舞,各尚其德也。黄帝之《云门》,尧之《大咸》,舜之《大韶》,禹之《大夏》,文舞也。殷之《大护》,周之《大武》,武舞也。周存六代之乐,至秦惟惟余《韶武》;汉魏以后,咸有改革,然其所用,文武二舞而已。名虽不同,不变其舞。

又说:

自汉以后,乐舞寖盛,有雅舞有杂舞,雅舞用之郊庙朝餐,杂舞用之宴会。杂舞者《公莫》、《巴渝》、《槃舞》、《鞞舞》、《铎舞》、《拂舞》、《白纻》之类是也。始皆出自方俗,后寖陈于殿庭。盖自周有缦乐、散乐,秦后因之增广,宴会所奏,率非雅舞,汉魏已后,并以《鞞》、《铎》、《巾》、《拂》四舞用之宴餐,宋明帝时又有西伧羌胡杂舞。

《鼓吹曲》,即《短箫铙歌》,以箫笳为主乐,崔豹的《古今注》上说:"汉乐府有《黄门鼓吹》,天子所以宴乐群臣也。《短箫铙歌》,《鼓吹》之一章耳。"《乐府诗集》中解释《鼓吹曲》道:

《横吹曲》其始谓之《鼓吹》,马上吹之,盖军中之乐也。北狄诸国皆马上作乐,故自汉以来,北狄乐总归《鼓吹》署。其后分为二部,有箫笳者为《鼓吹》,用之朝会道路亦以给赐;……有鼓角者《横吹》,用之军中,马上所奏者是也。

铙歌共二十二曲,今存十八曲,而其中《有所思》一首,完全是写失恋的:

有所思,乃在大海南。何用问遗君,双珠玳瑁簪,用玉绍缭之。问君有他心,拉杂摧烧之。摧烧之,当风扬其灰——从今以后,勿复相思!相思与君绝,鸡鸣狗吠,兄嫂当知之。妃呼豨,秋风肃肃晨风飔,东方须臾高知之。

《横吹曲》以角为主,《古今注》称:"汉博望侯张骞入西域,传其法于西京,惟得《摩诃兜勒》一曲。"《乐府诗集》称"马上奏之,盖军中之乐也。""李延年因胡曲更造新声二十八解,乘舆以为武乐。魏晋以来,二十八解不复具存。"

《相和歌》所以称相和者因为是"丝竹更相和,执节者歌"(《宋书·乐志》),而《古今乐录》亦称"凡相和其乐器有笙、笛、节鼓、琴、瑟、琵琶、筝七种。"张永《元嘉技录》:"相和曲有十五曲,曰《气出唱》、《度关山》、《东光》、《十五》、《薤露》、《蒿里》、《觐歌》、《对酒》、《鸡鸣》、《乌生》、《平陵东》、《东门》、《陌上桑》等。古有十七曲,其武陵《鹍鸡》二曲亡。"《陌上桑》也是很早的故事诗:

日出东南隅,照我秦氏楼。秦氏有好女,自名为罗敷。罗敷善蚕桑,采桑城南隅;青丝为笼系,桂枝为笼钩。头上倭堕髻,耳中明月珠;湘绮为下裙,紫绮为上襦。行者见罗敷,下担捋髭须。少年见罗敷,脱帽著帩头。耕者忘其犁,锄者忘其锄。来归相怨怒,但坐观罗敷。

使君从南来,五马立踟蹰。使君遣吏往,问是谁家姝?"秦氏有好女,自名为罗敷。""罗敷年几何?""二十尚不足,十五颇有余。"使君谢罗敷,"宁可共载不?"罗敷前致辞:"使君一何愚!

使君自有妇,罗敷自有夫。——东方千余骑,夫婿居上头。何用识夫婿,白马从骊驹;青丝系马尾,黄金络马头;腰中鹿卢剑,可值千万余。十五府小吏,二十朝大夫,三十侍中郎,四十专城居。为人洁白皙,鬑鬑颇有须;盈盈公府步,冉冉府中趋。坐中数千人,皆言夫婿殊。"

杂曲,《乐府诗集》所收共十五篇:《武溪声行》(题马援作),《冉冉孤生竹》(十九首中之一),《同声歌》(题张衡作),《羽林郎》(题辛延年作),《董娇娆》(题宋子厚作),《定情诗》(繁钦),《蛱蝶行》,《驱车上东行》(十九首中之一),《伤歌行》,《悲歌行》,《前缓声歌》,《孔雀东南飞》(即《古诗为焦仲卿妻作》),《枯鱼过河泣》,《枣下何攒攒》,《行胡从胡方》。其诗所谓杂曲,乃是无类可入的,如其中的《冉冉孤生竹》、《驱车上东门》、《定情诗》、《孔雀东南飞》明明是古诗。而其中的《枯鱼过河泣》完全是民歌:

枯鱼过河泣,何时悔复及。作书与鲂鲤,相教慎出入!

以上是乐府分类的大概,也是汉代乐府的大略的探讨。但自汉以后,郊庙歌辞,因为帝制势力的关系,依旧维持,而士大夫阶级的乐府,则与音乐渐渐脱离了关系。魏代曹植是做诗有名的,他借了乐府的题目来重造新诗,晋代陆机的诗也大都是拟作。所以魏晋的乐府可以说是衰落的时期,曹植的《燕歌行》只是一首七言古诗罢了。

曹操的《蒿里行》则用以抒情而不作挽歌。他的《短歌行》也是一首四言的古诗。《文心雕龙》论汉代到晋朝乐府的概况,很可以参考:

> 自雅声浸微,溺音腾沸,案燔乐经,汉初绍复,制氏纪其铿锵,叔孙定其容与。于是《武德》兴乎高祖,《四时》广于孝文,虽摹《韶》、《夏》,而颇袭秦旧,中和之响,闻其不还。暨武帝崇礼,始立乐府,总赵代之音,撮齐楚之气,延年以曼声协律,朱、马以骚体制歌,《桂华》杂曲,丽而不经,《赤雁》群篇,靡而非典。河间荐雅而罕御,故汲黯致讥于《天马》也。至宣帝雅颂,诗效《鹿鸣》,遍及元成,稍广淫乐,正音乖俗,其难也如此。暨后郊庙,惟杂雅章,辞虽典文,而律非夔、旷,至于魏之三祖,气爽才丽,宰割辞调,音靡节平,观其《北上》众引,《秋风》列篇,或述酣宴,或伤羁戍,志不离于哀思,虽三调之正声,实《韶》、《夏》之郑曲也。逮于晋世,则傅玄晓音,创定雅歌,以咏祖宗。张华新篇,亦充庭万。然杜夔调律,音奏舒雅;荀勖改悬,声节哀急;故阮咸讥其离声,后人验其铜尺,和乐精妙,固表里而相资矣。故知诗为乐心,声为乐体,乐在声,瞽师务调其器;乐心在诗,君子宜正其文。"好乐无荒",晋风所以称远;"伊其相谑",郑国所以云亡。故知季札观辞,不直听声而已。若夫艳歌婉娈,怨志诀绝,淫辞在曲,正响焉生?然俗听飞驰,职竞新异,雅咏温恭,必欠鱼睨,奇辞切玉,则拊髀雀跃,诗声俱郑,自此阶矣。

这时代既然被古诗所弥漫,乐府又失却它的音乐性,所以乐府诗者,无非是诗的变体,但是宋、齐、梁、陈、隋五朝,民间的乐府又在澎湃起来。到隋朝又由民间而变为庙堂的乐曲,这时期的乐府在南方大都是恋歌,而北方则为崇战的文艺,真正的民间乐府才在这时期全盛起来。

南朝的乐府的精华,全在《清商曲》中,这里面可以分作四种:一、《吴声歌》;二、《西曲歌》;三、《神弦歌》;四、《雅歌》。

《吴声歌》中所载大抵为南方的民间歌辞,是晋代到隋代的作品。《古今乐录》载《吴声十曲》:一、《子夜》;二、《上柱》;三、《凤将雏》;四、《上声》;五、《欢闻》;六、《欢闻变》;七、《前溪》;八、《阿子》;九、《丁督护》;十、《团扇郎》。而其中的《子夜歌》,按《乐府解题》中解释:"后人更为四时行乐之词,谓之《子夜四时歌》,又有《大子夜歌》、《子夜警歌》、《子夜变歌》,皆曲之变也。"今传《子夜歌》有四十二章。录《子夜歌》及《子夜四时歌》各三曲为例。

宿昔不梳头,丝发披两肩。腕伸郎膝上,何处不可怜。

览枕北窗卧,郎来就侬嬉。小喜多唐突,相怜能几时。

夜长不得眠,转侧听更鼓。无故欢相逢,使侬肝肠苦。

(以上《子夜歌》)

春林花多媚,春鸟意多哀。春风复多情,吹我罗裳开。

反覆华簟上,屏帐了不施。郎君未可前,待我整容仪。

开窗取月光,灭烛解罗裳。含笑帷幌裹,举体黄兰香。

(以上《子夜四时歌》)

又有《华山畿》一首,很像后来祝英台的故事。《古今乐录》中说:《华山畿》者,宋少帝时《懊恼》一曲,亦变曲也。少帝时,南徐一士子从华山畿往方阳,见客舍有女子,年十八九,悦之,无因;遂感心疾。母问其故,具以启母。母为至华山寻访,见女,具以前闻;感之,因脱蔽膝,令母密置其席下,卧之当已。少日,果瘥,忽举席见蔽席而抱持,遂吞食死,气欲绝,谓母曰:'葬时,车载从华山度。'母从其意。比至女门,牛不肯前,打拍不动。女曰:'且待须臾。'妆点沐浴,既而出歌曰:

华山畿,君既为侬死,独活为谁施!欢若见侬时,棺木为侬开。

棺应声开,女透入棺。家人叩打,无如之何。乃合葬,呼曰'神女冢'。

《西曲歌》,《乐府诗集》中说:"《古今乐录》曰:'《西曲歌》有

《石城乐》、《乌夜啼》、《莫愁乐》等三十四曲。'按《西曲歌》出于荆、郢、樊、邓之间,而其声节送和与《吴歌》亦异,故因真方俗而谓之《西曲》云。"莫愁人名,梁武帝歌:"河中之水向东流,洛阳女儿如莫愁。十五嫁为卢家妇,十六生儿字阿侯。"古曲云:

闻欢下扬州,相送楚山头。探手抱腰看,江水断不流。

《乌夜啼》,吴兢《乐府古题要解》中说:"宋临川王义庆造。元嘉中,徙彭城王义康于豫章郡;义庆时为江州,相见而哭,文帝闻而怪之,征还宅,义庆大惧,妓妾闻乌夜啼,叩斋阁云:'明日应有赦。'及旦改南兖州刺史,因作此歌。"其辞云:

远望千里烟,隐当在欢家。欲飞无两翅,当奈独思何?

《神弦歌》为民间的祭歌,《古今乐录》:"《神弦歌》十一曲,曰《宿阿道君》、《圣郎》、《娇女》、《白石郎》、《青溪小姑曲》、《湖龙姑》、《姑恩》、《采菱童》、《明下童》、《童生》。"举《青溪小姑曲》及《明下童》为例:

开门白水,侧进桥梁,小姑所居,独处无郎。

> 走马下前坂,石子弹马蹄。不惜弹马蹄,但惜马上儿。

北方的《横吹曲》中,以《企喻歌》、《折杨柳歌》等等为最有名,它们完全是北方健儿的口吻。如:

> 敕勒川,阴山下。天似穹庐,笼盖四野。天苍苍,野茫茫,风吹草低见牛羊。
>
> (《敕勒川歌》)

> 男儿欲作健,结伴不须多。鹞子经天飞,群雀两向波。
> 放马大泽中,草好马著膘。牌子铁裲裆,钜锋鹞尾条。
> 前行看后行,齐著铁裲裆。前头看后头,齐著铁钜锋。
>
> (《企喻歌》)

北方人即使悲哀,也只是悲壮而没有愁苦;即使是讲恋爱,也是直爽而不是妞妮的:

> 陇头流水,流离山下。念吾一身,飘然旷野。
> 朝发欣城,暮宿陇头。寒不能语,舌卷入喉。
> 陇头流水,其声呜咽。遥望秦川,肝肠断绝。
>
> (《陇头歌》)

门前一株枣,岁岁不知老。阿婆不嫁女,那得孙儿抱?
敕敕何力力,女子临窗织。不闻机杼声,唯闻女叹息。
问女何所思,问女何所忆?阿婆许嫁女,今年无消息。

(《折杨柳歌》)

有名的《木兰辞》的产生时代,大约也是这时期。

隋朝隋炀帝造了许多新乐,这是贵族乐府的余音。唐代因为外国音乐的输入,在乐府方面也有更多的变化,但是民间的乐府因为失乐的缘故,也渐渐消失了,当时代替歌唱的是近体诗,乐府在唐代可以说是消失了,但是这时代有一种"新乐府"的起来,也可以说是乐府的回光返照。这时期的新乐府,不用旧题,而是一种有思想的文学。但是它是不合乐的,实质上不过是诗的变名罢了。

李白、杜甫、白居易是三位唐代有名的新乐府者,但李白作乐府,还承六朝的遗绪,也有以乐府的旧题来用的,杜甫的新乐府却一反本来面目,一直到白居易而新乐府的名目才定内容,才揭橥出来。杜甫的三吏三别,便是新乐府的好例。

寂寞天宝后,园庐但蒿藜。我里百余家,世乱各东西。存者无消息,死者为尘泥。贱子因阵败,归来寻旧蹊。久行见空巷,日瘦气惨凄。但对狐与狸,竖毛怒我啼。四邻何所有?一二老寡妻。宿鸟恋本枝,安辞且穷栖。方春独荷锄,日暮还灌畦。县吏知我至,召令习鼓鞞。虽从本州役,内顾无所携。近行止一身,远去终转迷。家乡既荡尽,远近理亦齐。永痛长病母,五年委沟溪。生我不得力,终身两酸嘶。人生无家别,何以为蒸黎!

(《无家别》)

暮投石壕村,有吏夜捉人。老翁逾墙走,老妇出门看。吏呼一何怒!妇啼一何苦!听妇前致词:"三男邺城戍。一男附书至,二男新战死。存者且偷生,死者长已矣。室中更无人,惟有乳下孙。有孙母未去,出入无完裙。老妪力虽衰,请从吏夜归。急应河阳役,犹得备晨炊。"夜久语声绝,如闻泣幽咽。天明登前途,独与老翁别。

(《石壕吏》)

《前出塞》、《后出塞》是杜甫前期拟乐府,但三吏三别却是创造的新乐府。我们再来看元稹、白居易的新乐府的理论。白居易的诗,讽刺时事,得罪了当时不少人。他认为六朝吟风弄月的文章是不对的,他说:

唐兴二百年,其间诗人不可胜数。所可举者,陈子昂有《感遇》诗二十首,鲍防《感兴》诗十五篇。又诗之豪者,世称李杜。李之作,才矣,奇矣,人不逮矣,索其风雅比兴,十无一焉。杜诗最多,可传者千余首,至于贯穿古今,觇缕格律,尽工尽善,又逐于李。然揣其《新安吏》、《石壕吏》、《潼关吏》、《塞芦子》、《留花门》之章。"朱门酒肉臭,路有冻死骨"之句亦不过十三四,杜尚如此,况不逮杜者乎?

他这种主张是非常有力的,所以在《答元九书》中又说:

> 自登朝来,年齿渐长,每与人言,多询时务,每读书史,多求理道。始知文章合为时而著,歌诗合为事而作。

他又在《新乐府序》中写出他的文学主张:

> 其辞质而经,欲见之者易喻也;其言直而切,欲闻之者深戒也。其事核而实,使采之者传信也,其体顺而肆,可以播于乐章歌曲也,总而言之,为君为臣为民为物为事而作,不为文而作也。

元稹也序他的《新乐府》道:

> 昔三代之盛也。士议而庶人谤。又曰"世理则词直,世忌则词隐",余遭理世而君盛圣,故直其词,以示后,使夫后之人谓今日为不忌之时焉。

因此他们的诗歌力求其普遍，力求其平易，白居易自己记载着："自长安抵江西三四千里，凡乡校、佛寺、逆旅、行舟之中，往往有题仆诗者。士庶、僧徒、孀妇、处女之口每每有咏仆诗者。"元稹也说："二十年间，禁省观寺邮候墙壁之上无不书，王公妾妇、牛童马走之口无不道。至于缮写模勒，衒卖于市井，或持以交酒茗者，处处皆是。"这种才是新乐府的真价值。录元稹、白居易新乐府各二首：

> 牛吒吒，田确确。旱块敲牛蹄趵趵，种得官仓珠颗谷。六十年来兵簇簇，月月食粮车辘辘。一日官军收海服，驱牛驾车食牛肉。归来收得牛两角，重铸锄犁作斤劚。姑舂妇担去输官，输官不足归卖屋，愿官早胜仇早覆，农死有儿牛有犊。誓不遣官军粮不足。
>
> （元稹《田家词》）

> 织妇何太忙，蚕经三卧行欲老。蚕神女圣早成丝，今年丝税抽征早。早征非是官人恶，去岁官家事戎索。征人战苦束刀疮，主将勋高换罗幕。缲丝织帛犹努力，变缉撩机苦难织。东家头白双女儿，为解挑纹嫁不得。檐前袅袅游丝上，上有蜘蛛巧来往。羡他虫豸解缘天，能向虚空织罗网。
>
> （元稹《织妇词》）

晨游紫阁峰,暮宿山下村。村老见余喜,为余开一樽。
举杯未及饮,暴卒来入门。紫衣挟刀斧,草草十余人。
夺我席上酒,掣我盘中飧。主人退后立,敛手反如宾。
中庭有奇树,种来三十春。主人惜不得,持斧断其根。
口称采造家,身属神策军。"主人慎勿语,中尉正承恩。"

(白居易《宿紫阁山北村》)

帝城春欲暮,喧喧车马度。共道牡丹时,相随买花去。
贵贱无常价,酬直看花数。灼灼百朵红,戋戋五束素。
上张幄幕庇,旁织笆篱护。水洒复泥封,移来色如故。
家家习为俗,人人迷不悟。有一田舍翁,偶来买花处。
低头独长叹,此叹无人喻。一丛深色花,十户中人赋。

(白居易《秦中吟》之一——《买花》)

这几首诗可以做到"为事而赋,为时而作"的目的了。唐朝的乐府诗人王昌龄、孟郊、张籍等,也是有名的诗家,但标帜新乐府的只有他们两个。唐代以后,新乐府作者仍旧不少,但都失了乐府的性质,只不过将乐府当做诗中的一项罢了。

第八章
唐代近体诗的成立与浸盛

近体诗成立,和永明时期的音调论大有关系,和沈约的四声八病也很有影响。《南齐书·陆厥传》:

> 永明末,盛为文章,吴兴沈约、张郡谢朓、琅琊王融以气类相推毂。河南周颙善识声韵,为文皆用宫商,以平上去入为四声,以此制韵,有"平头"、"上尾"、"蜂腰"、"鹤膝"。五字之中,音韵顿殊,两句之中,角徵不同,不可增减,世呼为"永明体"。

宋明帝也是爱好这种风尚的,每次谦集,即召群臣赋诗,加以沈约、谢朓等的提倡,自然流风渐盛了。但是钟嵘却反对这种刻画的风尚。他说:

> 古曰诗颂,皆被之金竹,故非调五音无以谐会。……三祖之词,文或不工,而韵入歌唱,此重昔韵之义也。与世之言宫商异矣。今既不被管弦,亦何取于声律耶?齐有王元长者,……创其首,谢朓、沈约扬其波,三贤咸贵公子孙,幼有文辩,于是士流景幕,务为精密,襞积细微,专相陵架,故使之多拘忌,伤其真美,余谓文制本须讽读,不可蹇凝;但令清浊通流,口吻调利,斯为足矣。至平上去入,则余病未能;蜂腰鹤膝,闾里已具。

律绝的产生这是一个重要的原因,但是我们知道绝句的起来,早于律诗,绝句是简单的小诗,当然也是受了民间乐府的刺激而成的。士大夫阶级因为当时的风尚,也喜欢作小巧玲珑的绝句了。律诗是音律束缚最严的作品。在未讲它的历史以前,我们应先了解所谓"八病"是怎样的一回事。

原来《中说》记载在隋唐之间的李百药已有"四声八病"之说了,而《诗苑类格》说:"沈约曰:诗有八病,平头、上尾、蜂腰、鹤膝、大韵、小韵、旁纽、正纽。"历来解释纷纭,各有所主张,现在将他大略来论列一下:

A. "平头" 《文镜秘府论》:"平头者,五言诗第一字不得与第六字同声,第二字不得与第七字同声。同声者不得同平上去入声。"又说:"上句第一字与下句第一字同平声,不为病,同上去入声,一字即病。若上句第二字与下句第二字同声,无问平上去入皆是巨病。"《诗人玉屑》:"第一第二字不得与第七字同声;如'今日良宴会,欢乐莫俱陈'，'今'、'欢'皆平声。"

B."上尾" 《诗人玉屑》："第五字不得与第十字同声，如'青青河畔草，郁郁园中柳。''草'、'柳'皆上声。"《文镜秘府论》所论亦同。但以为连韵者不足为病，如蔡邕《饮马长城窟行》的"青青河边草，绵绵思远道。"因为是起句，不在此病之列。

C."蜂腰" 《诗人玉屑》："第二字不得与第五字同声，如'闻君爱我甘，窃欲自雕饰。''君'、'甘'皆平声，'欲'、'饰'皆入声。"而《文镜秘府论》则说："又第二字与第四字同声亦不能善，此虽世无的目，而甚于蜂腰。"《唐音癸籤》："第二字与第四字同声，犯在一句内，如蜂身之中细。"《诗法度针》以字之清浊而辨别其说，以为如五子中唯中间一字清音，则两头大而中间小，即称蜂腰。

D."鹤膝" 《诗人玉屑》："第五字不得与第十五字同声，如'客从远方来，遗我一书札：上言长相思，下言久离别。''来'、'思'皆平声。"而《蔡宽夫诗话》则以为："若首尾皆清音，中一字独浊，则两头细而中间粗，即为鹤膝。"而《诗苑类格》又以为第五字不能与第九字同声。犯此病即为鹤膝。

E."大韵" 《文镜秘府论》："大韵诗者，五言诗若以'新'为韵，上九字中更不得安'人'、'津'、'邻'、'身'、'陈'等字。即是十字中不得有与韵脚同韵的字。如《古诗十九首》中的'良无磐石固，虚名复何益。''石'和'益'字同韵，犯了'大韵'的毛病了。"又有一说，以为五字之中，第二字与第五字用了同一韵的字眼，便叫犯了大韵的病,和前说不同。

F. "小韵" 《文镜秘府论》中说:"小韵诗,除韵以外而有迭相犯者,名为犯小韵笔也。"《杜诗详注》更为解释道:"上句第四字不得与下句第一字相犯。诗云'薄帷鉴明月,清风吹我襟。'"其中"明"和"清"犯了小韵的病了。而《文笔眼心钞》以为五言诗中一三同韵,是小韵之病。而《唐音癸籖》却以为两句中有犯同声的是小韵病。说法各各不同。

G. "旁纽" 《文镜秘府论》中说:"旁纽诗者,五言诗一句之中有'月'字,更不得安'鱼'、'元'、'阮'、'愿'等字;此即双声,双声即犯旁纽。"又说:"旁纽者若五字中已有'任'字,其四字不得复用'锦'、'禁'、'急'、'饮'、'荫'、'邑'等字,因其一纽之中有'金'、'音'等字,与'任'同韵故也。""旁纽"也称做"大纽",和下面的"正纽"或称"小纽"相对。

H. "正纽",亦称"小纽" 《文镜秘府论》中解释道:"正纽者,五言诗'壬'、'衽'、'人'为一纽,一句之中已有'壬'字,更不得安'衽'、'任'、'人'等字。"又说:"除非故作双声,下句复双声对,方得免小纽之病也。"而《诗人玉屑》中说:"十字内两字叠韵为正纽。"《文笔心眼钞》中也解释道:"五字十字中间同一纽而叠字,……是谓正纽,亦曰小纽"。

总之前四病属于声的病,后四声属韵的病。后四病之中,前两病指叠韵,后两病指双声。到李百药而八病之说更严定律令而成,但《南史》所载只有四病,可见沈约虽有这个律令,而当时并不曾怎样流行,完全是由于后来者的提倡与制作而成的,难怪历来对它的解释互有出入了。至于沈约自己的作品,也不曾了八病。甄琛的《磔四声论》中指出他的《早发定山诗》中"野棠开未落,山樱发欲然。"完全犯了"平头"的病。《和竟陵诗》中的"天矫乘降仙,螭衣方陆离",又犯了"上尾",又犯了"蜂腰"的病了。做法自弊是很可笑的事。由此可见沈约的提倡注意声律是他的目的,而八病之说,完全是用以促进他注重音律之说的成立的。如果这八病真的有价值有意义的话,他自己为什么先不遵从呢? 同时后人如果一定要照他的说法做诗,事实上必致做不通。他的所谓"病",实在正是使后来的诗走上了"病"的途径。我们既不以此八病为病,而所以不惮烦的再来讨论的缘故,是为了它与后来的律诗很有关系。声律之说成立了,声病之说盛行了,于是大家在音律上力促它平匀,字句也因之整齐,于是便产生了近体诗——律诗和绝句。古诗和近体的转变,这是一个关键。《沧浪诗话》说:

八病严于沈约,作诗正不必拘,此蔽法,不足据也。

王闿运的《八代诗选》中有一类小诗,收集齐梁时代介于古诗与绝句之间的作品。这也是模仿民间乐府的作品。小诗的作者,如萧纲、何逊、谢朓、江洪、沈约等。南方以谢朓为最著名,而钟嵘却评他"齐吏部谢朓其源出于谢混,微伤细密,颇在不伦一章之中,自有玉石,然奇章秀句,往往警遒,足使叔源失步,明远变色。"《丹铅总录》则称:"庾信之诗,为梁之冠绝,启唐之先鞭。"现在录几首小诗作例:

别来憔悴久,他人怪颜色。只有匣中镜,还持旧相识。

(萧纲《愁闺照镜》)

燕子戏还檐,花飞落枕前。寸心君不知,拭泪坐调弦。

(何逊《为人妾思》)

影逐斜月来,香随远风入。言是定知非,欲哭翻成泣。

(沈约《为邻人有怀不至》)

泣听离夕歌,悲御别时酒。自从今日去,当复相思否。

(吴均《杂绝句》)

委翠似知节,含芳如有情。全由履迹少,并欲上阶生。

(庾肩吾《咏长信宫中草》)

山中何所有,岭上多白云。只可自怡悦,不堪持赠君。

(陶宏景《诏问山中何所有赋诗以答》)

第八章 唐代近体诗的成立与漫盛

阳关万里道,不见一人归。唯有河边雁,秋来南向飞。

(庾信)

落日高城上,余光人綵帷。寂寂深秋晚,宁知琴瑟悲。

(谢朓《铜雀悲》)

入春才七日,离家已二年。人归落雁后,思发在花前。

(薛道衡《人日思归》)

其中有许多首完全是五言绝句成熟的形态了。隋薛道衡的《人日思归》简直有五律的风味。

但是七绝是什么时候起来的呢?这也是中国诗演化的老例,迟于五言绝句。七言绝句,当然也是受音律的刺激与民间的乐府的模仿而来的。它的萌芽时代是在唐初。沈佺期、宋之问和杜审言实开风气之先的:

北邙山上列坟茔,万古千秋对洛城。
城中日夕歌钟起,山上唯闻松柏声。

(沈佺期《北邙》)

可怜冥漠去何之,独立丰茸无见期。

君看水上芙蓉色,恰似生前歌舞时。

(宋之问《伤曹娘》)

知君书记本翩翩,为许从戎赴朔边。
红粉楼中应计日,燕支山下莫经年。

(杜审言《赐苏书记》)

前两首还脱不了真朴的气味,而末一首却是纯粹的七言绝诗了。诗的进化是逐渐的,不是突然产生的。我们应当注意它进化的痕迹。

律诗的成立,也是经过齐梁之间的酝酿至唐初而成立的,当然,也是先五律而后七律的。在音韵之外又加上了一种"对偶"的束缚。但一般人都称律诗起于唐初的沈佺期与宋之问。严羽《沧浪诗话》:"风、雅、颂一变而为《离骚》,再变而为两汉五言,三变而为歌行杂体,四变而为沈宋律诗。"胡应麟《诗薮》中也说:

> 五言律诗,兆自梁陈,唐初四子,靡缛相矜,时或拗涩未堪正始,神龙以还,卓然成调,沈、宋、苏、李合轨于前,王、孟、岑、高并驰于后,新制迭出,古体攸分,实词章之大机,气运推迁之一会也。

我们试看齐、梁的类似五律的作品吧。

舍辔下雕辂,更衣奉玉床。斜簪映秋水,开镜比春光。
所畏红颜促,君思不可长。骏冠且容裔,岂吝桂枝亡。

(沈约《携手曲》)

杨柳乱成丝,攀折上春时。叶密鸟飞碍,风轻花前迟。
城高短箫发,林空画角悲。曲中无别意,并为久相思。

(萧纲《折杨柳》)

唐代所以成为诗的黄金时代,一方面由于作者的众多,一方面也是由诗的各体在这时期已经完全成立了的缘故。唐初沈佺期、宋之问、杜审言一派完全是承袭齐、梁风气,而努力倡造近体诗的,例如杜审言的《春日京中有怀》:

今年游寓独游秦,愁思看春不当春。
上林苑里花徒发,细柳营前叶复新。
公子南桥应尽兴,将军西第几留宾。
寄语洛城风日道:"明年春色倍还人。"

此后有王勃、杨炯、卢照邻、骆宾王的继承王世贞所谓"卢、骆、王、杨,号称四杰,词章华丽,固缘陈、隋之遗,骨气翩翩,意象境界,超然胜之。五言为律家正宗,内子安稍近乐府,杨、卢尚崇汉魏,宾王长歌,虽极靡丽,亦有微疵,而缀玉联珠,浩滔洪远,故是千秋绝艺"。而杜甫也评他们道:

王杨卢骆当时体,轻薄为文哂未休。
尔曹身与名俱灭,不废江河万古流!

在这绮靡的风气之中,与四杰同时的陈子昂和张九龄提倡复古运动。《岘佣说诗》:"唐宋五言古,犹绍六朝绮丽之习,惟陈子昂、张九龄直接汉魏,骨峻神疏,思深力遒,复古之功大矣。"而陈子昂自己在《修竹篇序》中也说:

文章道弊,五百年矣。汉魏风骨,晋宋莫传,然而文献有可征者,仆尝暇时观齐梁间诗,彩丽竞絮,而兴寄都绝。每以永叹!窃思古人,常恐逶迤颓靡,风雅不作,以耿耿也。

于是古诗在唐代也是非常的精彩。自此以后,唐代作者,不分彼此,善律绝的也间作古风,善古体的,也间有近体。只能依时代来说明唐代诗的概况,当然这里也是大略的叙述。在各种诗史文学史中不难找到更详细的记载的。

开元、天宝之际,在当时诗人之中为后代所推崇的,是杜甫和李白。再溯下去到长庆之际,这时代的作品可以四派。

（甲）关于恬适一流　有王维、孟浩然、裴迪、储光羲、韦应物、刘长卿等,其中可以以王维作代表。苏轼称他"诗中有画,画中有诗。"《渔洋诗话》也称他如辋川绝句,字字入禅。孟浩然之作,沈德潜《说诗晬语》说他"从静悟得之,故语淡而味终不薄"。

空山不见人,但闻人语响。
返景入深林,复照青苔上。

（王维《鹿柴》）

移舟泊烟渚,日暮客愁新。
野旷天低树,江清月近人。

（孟浩然《宿建德江》）

山中好处无人别,涧梅伪作山中雪。
野客相逢夜不眠,山中童子烧松节。

（顾况《山中赠客》）

怀君属秋夜,散步咏凉天。
空山松子落,幽人应未眠。

（韦应物《秋夜寄丘员外》）

日暮苍山远,天寒白屋贫。

柴门闻犬吠,风雪夜归人。

(刘长卿《逢雪宿芙蓉山主人》)

(乙)关于边塞一派 如葛适、岑参、王昌龄、李颀等,举岑参《白雪歌送武判官归》一首:

北风卷地白草折,胡天八月即飞雪。忽如一夜东风来,千树万树梨花开。散入珠帘湿罗幕,狐裘不暖锦衾薄。将军弓角不得控,都护铁衣冷犹著。瀚海阑干百丈冰,愁云惨淡万里凝。中军置酒饮归客,胡琴琵琶与羌笛。纷纷暮雪下辕门,风掣红旗冻不翻。轮台东门送君去,去时雪满天山路。山回路转不见君,雪上空留马行处。

(丙)宫词及恋歌 如王昌龄、王之涣、刘禹锡、王建、王涯、张祜、张籍等等。

奉帚平明金殿开,且将团扇共徘徊。

玉颜不及寒鸦色,犹带昭阳日影来。

(王昌龄《长信秋词》)

闺中少妇不知愁,春日凝妆上翠楼。

忽见陌头杨柳色,悔教夫婿觅封侯。

(又《闺怨》)

山桃红花满上头,蜀江春水拍小流。
花信易衰似郎意,水流无限似侬愁。

(刘禹锡《竹枝词》)

禁门宫树月痕过,媚眼惟看宿鹭窠,
斜拔玉钗灯影畔,剔开红焰救飞蛾。

(张祜《赠内人》)

(丁)写实派　王梵志、白居易、元稹、顾况、柳宗元、韩愈、贾岛、卢仝等等。

离离原上草,一岁一枯荣。野火烧不尽,春风吹又生。
远芳侵古道,晴翠接荒城。又送王孙去,萋萋满别情。

(白居易《草》)

客愁何并起,暮送故人回。废馆秋萤出,空城寒雨来。
夕阳飘白露,树红扫青苔。独坐离容惨,孤灯照不开。

(贾岛《泥阳馆》)

晚唐末造,以李商隐、温庭筠、杜牧三人为最著名,温庭筠为词的开山祖,李商隐为宋诗初年所宗奉者。高棅《唐诗品汇序》中说:

> 开成以后,能有杜牧之豪纵,温飞卿之绮靡,李义山之隐僻……此晚唐变态之极,而遗风余韵,犹有存者焉。

其实这三个人的风格"纤靡"、"隐晦"足以当之,李义山有"獭祭鱼"之称,因为他做诗隐晦,其无题诗令人不易索解的居多:

锦瑟无端五十弦,一弦一柱思华年。
庄生晓梦迷蝴蝶,紫窗春心托杜鹃。
沧海月明珠有泪,蓝田日暖玉生烟。
此情可待成追忆,只是当时已惘然。

(李商隐《锦瑟》)

来是空言去绝踪,月斜楼上五更钟。
梦为远别啼难唤,书被催成墨未浓。
烛照半笼金翡翠,麝熏微度绣芙蓉。
刘郎已恨蓬山远,更隔蓬山一万重。

(又《无题》)

再来举几首杜牧与温庭筠的诗的例子：

澹然空水对斜晖，曲岛苍茫接翠微。
波上马嘶看棹去，柳边人歇待船归。
数丛沙草群鸥散，万顷江田一鹭飞。
谁解乘舟寻范蠡，五湖烟水独忘机？

（温庭筠《利州南渡》）

繁华事散逐香尘，流水无情草自春。
日暮东风怨啼鸟，落花犹似坠楼人。

（杜牧《金谷园》）

落魄江湖载酒行，楚腰纤细掌中轻。
十年一觉扬州梦，赢得青楼薄幸名。

（又《遣怀》）

冰簟银床梦不成，碧天如水夜云轻。
雁声远过潇湘去，十二楼中月自明。

（温庭筠《瑶瑟怨》）

第九章
宋诗与清诗

宋朝是词的黄金时代,但是这时候的"诗"却承接了唐代的遗绪,而成为另一种特殊的作风,这时候作品很多,《御定四朝诗录》有宋诗人八百八十二家,《宋诗纪事》有诗人三千八百多,几凌唐代诗人而上之。这原因由于宋代帝王的爱诗和鼓励,也由于当代学术环境的偏重于理学。《青箱杂记》中载着一个故事道:

> 曹武毅公翰江南归环卫,数年不调,一日内宴,侍臣皆赋诗。翰以武人,独不预。乃陈曰:臣少亦学诗,乞应诏。太宗曰:卿武人以"刀"字为韵。因以寄意曰:"三十年前学六韬,英名常得预时髦。曾因国难披金甲,不为家贫卖宝刀。臂健尚嫌弓力软,眼明犹识阵云高。庭前昨夜秋风起,羞见蟠花旧锦袍。"太宗为迁数官。

可见宋代帝王之爱好诗篇了。宋诗之盛,他的风格与唐人诗迥然不同,所以后人评论,或以为宋诗不及唐诗,如刘克庄以为:"唐文人皆能诗,柳尤高,韩尚非本色。追本朝则文人多,诗人少。三百年间,虽人各有集,集各有诗,诗各自为体。或尚理致,或负才力,或逞辨博,要皆文之有韵者尔,非古人之诗也。"或以为宋人之诗远过于唐人的,如宋荦所说的:"明自嘉隆以来,称诗家皆讳言宋,至举以相訾謷,故宋人诗集庋阁不行。近二十年来,乃专尚宋诗……孟举序云:'黜宋者曰腐,此未见宋诗也。今之尊唐者,目未及唐诗之全,守嘉隆间固陋之本,陈陈相因,千喙一倡乃所谓腐也。'又曰:'嘉、隆之谓唐,唐之臭腐也。宋人化之,斯神奇矣。'"其实宋诗之妙正在它的冲淡与意境的美,与唐人之绮丽者不同。它与唐诗各有千秋,在诗坛上也卓立了它特殊的旗帜。

关于宋代的诗的大概情形,或以诗派来分,如"西昆"、"江西"等等,或以个人的作风来分,如"东坡体"、"山谷体"等等。但是这几种分法是不足以了解宋诗的,我们姑就它的时代的次序来举要略说。

宋初的诗,是推崇李商隐的,当时有杨亿、刘筠、钱惟演等,互相酬唱,杨亿将这种诗编成一个集子,题名为《西昆酬唱集》,于是便有了"西昆体"这名称。这一派专事雕琢,喜欢用典,所以《四库全书提要》批评它:

《西昆酬唱集》诗,宗法唐李商隐,词取研华,而不乏兴象。效之者失其本真,惟工组织,于是有优伶挦撦之戏,石介至作《怪说》以刺之。而祥符中,遂下诏禁文体浮艳。

足见他们完全着重于形式,而忘记了内容了。石介《怪说》中有力的批评是:"杨亿穷研极态,缀风月,弄花草,淫巧侈丽,浮华纂组。"的确道着了西昆派的病源。而当时一班人,也很不以此为然的。刘攽《中山诗话》:

> 祥符、天禧中,杨大年、钱文僖、晏元献、刘子仪,以文章立朝,为诗皆宗李义山,后进多窃义山语句。尝内宴,优人有为义山者,衣服败裂,告人曰:"吾为诸馆职挦撦至此。"闻者欢笑。

但是他们的长处也不可没,即使反对西昆的欧阳修也说:"先朝杨、刘风采,耸动天下,至今使人倾想。"现在且举两首作例:

> 繁花如雪早伤春,千树封侯未是贫。
> 汉苑漫传卢橘赋,骊山谁识荔枝尘?
> 九秋青女霜添味,五夜方诸月溜津。
> 楚客狂醒朝已解,水风犹自猎汀蘋。
>
> (杨亿《咏梨诗》)

水阔雨萧萧，风微影自摇。徐娘羞半面，楚女妒纤腰。
别恨抛深浦，遗香逐画桡。华灯连雾夕，钿合映霞朝。
泪有鲛人见，魂须宋玉招。

（钱惟演《荷花》）

但当时除西昆体以外尚有冲淡一派的诗人，如王禹偁、寇准、林逋、范仲淹等。王禹偁的《春日杂兴》"两枝桃杏夹篱斜，桩点商山使副家。何事春风容不得，和莺吹折数枝花"完全是道自己的想念，为一班堆砌诗人所不及。林逋的诗，以咏梅为最出名："众芳摇落独暄妍，占尽风情向小园。疏影横斜水清浅，暗香浮动月黄昏。霜禽欲下先偷眼，粉蝶如知合断魂。幸有微吟可相狎，不须檀板共金樽。""吟怀长恨负芳时，为见梅花辄入诗。雪后园林才半树，水边篱落忽横枝。人怜红艳多应俗，天与清香似有私。堪笑胡雏亦风咏，解将声调角中吹。"

叶燮《原诗》中说："宋初诗袭唐人之旧。如徐铉、王禹偁辈，纯是唐音，苏舜钦、梅尧臣，出始一大变。"这两位穷诗人，在宋代诗坛上占有了重要的地位。沈德潜也说："宋初台阁倡和，多宗义山，名西昆体，梅圣俞（梅尧臣）、苏子美（苏舜钦）起而矫之，尽翻科白，蹈厉发扬。才力体制，非不高于前人，而渊涵渟滀之趣，无复存矣。"但这两人的作风却迥然不同。魏秦《临汉居诗话》称：

苏舜钦以诗得名,然其诗以奔放为主,梅尧臣亦善诗,虽乏高致,而平淡有工。

梅尧臣论诗,以为"诗家虽率意而造语亦难,若意新语工,得前人所未道者,斯为善也。必能状难写之景,如在目前,含不尽之意,见于言后,然后为至矣"。他的诗如:

洛水桥边春已回,柳条葱蒨眼初开。
无人拾翠过幽渚,有客寻芳上古台。
林邃珍禽时一啭,酒酣红日未西颓。
知君最是怜风物,更约偷闲取次来。

而苏舜钦却爱作长歌,和白居易一样喜欢写写民间的疾苦;但是他的写景诗,也不下于梅氏的作品。如《淮中晚泊犊头》:

春阴垂野草青青,时有幽花一树明。
晚泊孤舟古祠下,满川风雨看潮生。

苏、梅以后,欧阳修承接了他们的主张,反对西昆的堆砌。《石林诗话》说他"始矫西昆,专以气格为主"。他针对着西昆的缺陷"多用故事,语僻难晓"来发议论,于是宋诗渐入于散文诗的一途了。他做诗,也有他一番苦工,《苕溪渔隐丛话》说他:"欧公作诗,盖欲出自胸臆,不肯蹈袭前人,亦其才高,不见牵强之迹。"这批评是对的。他的七绝和古风有一种很清丽的风趣,例如他的七绝《梦中作》:

夜凉吹笛千山月,路暗迷人百种花。
棋罢不知人换世,酒阑无奈客思家。

除欧氏之外,当时北宋诗坛中负有盛名的当推王安石、苏轼与黄庭坚了。欧阳修曾赠王安石诗说:"翰林风月三千首,吏部文章二百年。"足见他当时的盛名。但是他的诗,常常犯了剽窃和武断的病,这当然由于他刚愎的天性使然,尤其喜欢作佛语,令人不解。"集句"也是他所首创的。但是他诗中的好处,也不能以上面的缺陷而埋没。七五言绝风格闲澹,造句工致。例如:

落帆江口月黄昏,小店无灯欲闭门。
侧出岸沙枫半死,系船应有去年痕。

(《江宁夹口》)

江水漾西风,江花脱晚红。
离情被横笛,吹过乱山东。

(《江上》)

所以《漫叟诗话》称他:"荆公定林后诗,精深华妙。非少作之比。当作岁晚诗云:'月映林塘静,风涵笑语凉。俯窥林净绿,小立伫幽凉。携幼寻新的,扶衰上野航。延缘久未已,岁晚惜流光。'自以比谢灵运,议者亦以为然。"

苏轼的文和词的名声均在他的诗名之上,但他的诗却开拓了宋诗的新园地,所以严羽《沧浪诗话》中说:"国初之诗,尚沿袭唐人,……至东坡、山谷,始自出己意以为诗,唐人之风变矣。"元好问也以为苏、黄(山谷)失了唐人的矩矱:"只知诗到苏、黄尽,沧海横流却是谁?"可是在苏、黄以前,王安石也先已以己意做诗。一到苏轼以豪放之意做诗,诗便被散文化了。所以他的古诗,往往是气象万千的。但绝句也有清新可诵的,如:

竹外桃花三两枝,春江水暖鸭先知。
蒌蒿满地芦芽短,正是河豚欲上时。

(《惠崇春江晚景》)

荷叶已无擎雨盖,菊残犹有傲霜枝。
一年好景君须记,正是橙黄橘绿时。

(《赠刘景文》)

当时有"苏门四学士"——黄庭坚、秦观、晁补之、张耒——又有"苏门六君子"——再加陈师道和李荐二人——之号,其中与苏轼齐名的,当推黄庭坚。他被尊为江西诗派的领袖。他的诗,往往生涩瘦硬,刻画奇僻。所以《临汉隐居诗话》中批评他:

> 黄庭坚做诗得名,好用南朝人语,专求古人未使之事,又一二奇事,缀茸而成诗。自以为工,其实所见之僻也。故句虽新奇,而气乏浑厚。

他的古诗如《双井茶送子瞻》:

> 人间风日不到处,天上玉堂森宝书。
> 想见东坡旧居士,挥毫百斛泻明珠。
> 我写江南摘云腴,落硙霏霏雪不如。
> 为公唤起黄州梦,独载扁舟向五湖。

之后,吕居仁作《江西诗社宗派图》,推黄庭坚为首,下列陈师道等二十五人,号为江西诗社。他在序中说:"江西宗派者,诗江西也,人非皆江西也。"其实所谓江西诗派,乃是学黄庭坚的生硬奇僻的手法的。

黄庭坚批评陈师道与秦观说:"闲门觅句陈无已,对客挥毫秦少游。"《石林诗话》中说:"世言陈无已每登临得句,即急归一榻,以被蒙之,谓之吟榻。家人知之,即猫犬皆逐去,婴儿稚子,亦皆抱持邻家。"足见他"觅句"之苦了。《四库提要》说他绝句不如古诗,古诗不如律诗,律诗则七言不如五言。例如:

绿暗连村柳,红明委地花。画楝初着燕,废沼已鸣蛙。
鸥没轻春水,舟横着浅沙。相逢千岁语,犹说一枝花。

而秦少游却以词为诗,敖陶孙讥其纤弱,但是他的绝句近体中也有佳作。如《泗州东城晚望》:

渺渺孤城白水环,舳舻人语夕扉间。
林梢一抹青如画,应是淮流转处山。

以上是北宋诗坛的大概的情形,南渡以还,负诗之盛名的,是陈与义、叶梦得、陆游、范成大、杨万里诸人。陈与义号简斋,宋高宗赏识他"客子光阴诗卷里,杏花消息雨声中。"《四库提要》称他:

与义在南渡诗人之中,最为显达,然皆非其杰构。至于湖南流落之余,汴京板荡以后,感时抚事,慷慨激越,寄托遥深,乃往往突过古人。

他的古诗如《江南春》,绝句如《秋夜》,均清新可诵:

> 雨后江上绿,客愁随眼新。
> 桃花十里影,摇荡一江春。
> 朝风逆船波浪恶,暮风送船无处泊。
> 江南虽好不如归,老蓣绕墙人得肥。

> 中庭淡月照三更,白露洗空河汉明。
> 莫遣西风吹叶尽,却愁无处着秋声。

张嵲称他"诗物寓兴,清邃超特,纡馀闳肆,高举横厉,上下陶谢韦柳之间"。确是不错。

叶梦得有《石林诗话》,以论诗著名,他的诗如"大江转洪涛,腾踏不可御。空城寂寞潮,日暮独东去。"颇有国家兴亡之感。

陆游,是南宋诗人中最伟大的一个,在这祖国危乱的时代,他在诗中寄托了他不少的愁思。他性爱游历,"此身合是诗人未?细雨骑驴入剑门,"写出他的放逸与潇洒。"此身未死长为客,回首夔州又二年。"在游程中又深悲了他的老大。《四库总目》批评他的诗道:

> 游诗清新刻露而出以圆润,实能自辟一宗,不袭黄、陈之旧格。……其托兴深微,遣词雅隽者,全集之内,指不胜屈。

他的律绝诗如：

清班曾见六龙飞，晚落天涯远日畿。
边月空悲新雪鬓，京城犹染旧朝衣。
江山壮丽诗难敌，风物萧条醉绝稀。
赖有东湖堪吏隐，寄声篱菊待吾归

（《感事》）

少年志欲扫胡尘，至老宁知不少伸。
览镜已悲身潦倒，横戈空觉胆轮囷。
生无鲍叔能知己，死有要离与卜邻。
西望不须揩病眼，长安冠剑几番新。

（《书叹》）

死去原知万事空，但悲不见九州同。
王师北定中原日，家祭毋忘告乃翁。

（《示儿》）

为爱名花抵死狂，只愁风日损红芳。
绿章夜奏通明殿，乞借春阴护海棠。

（《花时遍游诸家园》）

范成大以写田园诗出名,自王维、储光羲以后,在宋代诗人中能写田园景色的,只有范石湖(成大)一人了。杨万里称他"缛而不酿,缩而不窘。清新妩丽,奄有鲍谢。奔逸俊伟,穷追太白"。他的名作是《四时田园杂兴》六十首,现在举几首作例:

梅子金黄杏子肥,麦花雪白菜花稀。
日长篱落无人过,惟有蜻蜓蛱蝶飞。

昼出耘田夜绩麻,村庄儿女各当家。
童孙未解供耕织,也傍桑阴学种瓜。

他能用白描的手法,写出田园农人中生活的特征来。这是很难能可贵的。

杨万里传下来的诗集很多,方回称他"一官一集,每集必变一格"。当初他也学步江西诗派的,后来"晚乃学绝句于唐人"。再后,则"作诗忽有寤,于是辞谢唐人及王、陈、江西诸君子皆不敢学,而后欣欣如也"了。他晚年喜白居易的诗,于是做诗也力求平易。"病里无聊费扫除,节中不饮更愁予。偶然一读《香山集》,不但无愁病亦无。"这便是杨氏做诗的本旨。例如:

雨来细细复疏疏,纵不能多不肯无。
似妒诗人山入眼,千峰故隔一帘珠。

(《小雨》)

雾外江山看不真,只凭鸡犬认前村。
渡船满板霜如雪,印我青鞋第一痕。

(《过大皋渡》)

宋代以后,元朝有元好问和虞集、赵孟頫等,但是没有如宋诗那样有风格可指。明代高启则专学李白;前七子后七子专拟唐人,不过剽窃模拟,没有什么可论的,直到清代,诗又大盛,但也不及宋代诗家那么独树标帜,所以除略论著名的几个诗家以外,其余的不去论列了。

清初以明人专事仿效,所以再学宋诗,而偏重于写实。明代遗老有钱谦益(牧斋)、吴伟业(梅村)、龚鼎孳(孝升)称江左三大家,而其中以钱、吴两氏为最著名。钱氏诗多用典,辞藻映丽。陈文述称他"沈郁藻丽,原本杜陵。逸情高致,远在梅村祭酒之上"。如:

踏青车马过清明,薄霭新烟逗午晴。
日射夭桃含色重,风和弱柳著衣轻。
春禽欲傍钗次语,芳草如当履齿生。

每向东山看障子,不知身在此中行。

吴梅村以《圆圆曲》出名,人称诗史,《四库全书提要》评其:"才藻艳发,吐纳风流,有藻思绮合,清丽芊眠之致。其中歌行一体,尤所擅长。格律本乎四杰,而情韵为深;叙述类乎香山而风华为胜。韵协宫商,感均顽艳,一时尤为绝调。"

其后,王士禛(渔洋)、朱彝尊(竹垞)与袁枚(子才)均为诗中冠杰。袁枚称王诗:"一代正宗才力薄,望溪文集阮亭诗。"但王诗用典太多,故翁方纲评其为:"如仙子五铢衣,随手凑补。"绝句颇有神韵:

江乡春事最堪怜,寒食清明欲禁烟。
残月晓风仙掌路,何人为吊柳屯田?

(《真州绝句》)

太华终南万里遥,西来无处不魂销。
闺中若问金钱卜,秋雨秋风过灞桥。

(《灞桥寄内》)

袁枚以骈文著名,所以他的诗清灵隽妙。与赵翼、蒋士铨称三大家。洪亮吉《洪北江诗话》中说:

袁简斋如通天神狐,醉后露尾;赵耘松如东方正谏,时带谐谑;蒋心余如剑侠入道,尚有杀机。

此外厉鹗的樊榭山房诗,以清峭见长,如:

玩溪逐穷源,东峰屡向背。朝日上我衣,春泉净可爱。
不知泉落处,潺潺竹篱内。喧闻两叠泻,静见一潭汇。
松风飐纤碧,花影蓄深苔。名言犹有相,幻照乃无悔。
悠然巢居心,颇欲终年对。

清末宋诗运动之健将,如郑珍、金和、江湜等等,其中尤以龚自珍为最杰出。其七言绝句中的《己亥杂诗》三百首,更脍炙人口:

浩荡离愁白日斜,吟鞭东指即天涯。
落红不是无情物,化作春泥更护花。

凤泊鸾飘别有愁,三生花草梦苏州。
儿家门巷斜阳改,输与船娘住虎丘。

此后黄遵宪(公度)主张"以我之手,写我之口"。谭嗣同、夏曾佑等都是这一派。他说:"我手写我口,古岂能拘牵?即今流俗语,我若登简编。"例如他的《己亥杂诗》：

> 一声声道妹相思,夜月哀猿和竹枝。
> 欢是团圆悲是别,总应断肠"妃呼豨"。

这完全是由旧诗过渡到新诗的产物,他虽然主张我写我口,但没有废却旧诗的格律。自新诗运动起来,新旧诗的格律平仄便被废弃了。

第十章
欧洲诗史

中国近代新诗的发生,和欧洲的诗很有关系,这一章里想大略地叙列一下欧洲诗的历史。

荷马(Homor)是欧洲古代的行吟诗人中最出名的一个。所谓行吟诗人,和宋代的盲词歌唱者差不多,在每一个乡村角落,他们弹着竖琴在唱着他们自己所作的诗歌。同荷马同时的诗人,很多很多,不过他的名字最为后人所崇拜罢了。他的巨作"Iliad"与"Odyssey"常常为后人奉作经典。前者述"Trojan"战役的故事。后者也可以说是前者的故事的继续。其中写的是神话,据班特来(Bentley)的意见,以为前者是为男子而作,后者为女子而作的。也有人主张后者不是荷马所做,而是一个女作家做的。阿诺诗(Matthew Arnold)他说荷马的诗有四个特点,便是"迅速"、"直叙"、"明白"和"高超"。原来现代这两部诗,是古代辗转从口头传下来的,所以其中有许多地方和原来不同。是经过后人修改过的。这两种诗集原来并非一人所作,荷马是否是辑合这诗集的人,抑是诗集中做诗最多的人,已不得而知了。

次之,《旧约》里的《诗篇》和《耶利米》、《所罗门》,非常美丽与婉曲,《路得》也是一篇很有趣味的牧歌。其后希腊时代有海斯亚特(Hesiod)的名作《工作与时间》(Works and Days)与"Theogony"为后世人们所颂扬。其他尚有女诗人莎弗(Sappho)。她所流传下的诗只有一首"Aymn to Aphrodite"。希腊末期,有诗人品特(Pindar)与雪曼尼特(Simonides),他们的作品有时也难免晦涩,但却为一般人所崇拜。罗马时代的诗人,有维吉尔(Virgil)与贺来斯(Horace)。维吉尔描写乡村生活的,有"Eologue"和"Georgies",还有更负盛名的"Aeneid",和荷马的诗一样,也是写神的故事的。贺来斯的著作"Cormen soeculare"更为当时人所喜欢诵读。此外,尚有洛克里特斯(Lucretius)的哲理诗、亚维特(Ovid)的社会诗和求维那尔(Juvenal)一流的讽刺诗,于是诗的体裁,均已经齐备了。

中世纪黑暗时代,德国有《尼白龙琪》歌(Nibelungen lied),里面有三十九个英雄的故事,它和荷马的史诗一样,完全是搜集了古代的神话做题材的。《尼白龙琪》是一个宝库的名字,但是,它的笔调远不及荷马的作品。又有皮亚伏尔夫(Beovulf),完全是描写斯坎的那维亚半岛上的风光,也是以神话做题材的。《西特》(The Cid)是写西班牙英雄西特的史诗,在十二世纪非常流行。这时候,冰岛上也出现两部诗的巨作——"The Prose or Younger Edda"与"The Poetic or Elder Edda"。前者于诗有关系的是其中的"Spaldskaparmal"，乃论诗的作品。后者是冰岛的古韵文，也讲到神的故事。此外尚有以动物作题材的史诗，含着讽刺，为后人所传颂。一是《理那狐》(Reynard the Fox)，这书的作者已不能考，而且也被人润色过。二是《玫瑰的故事》(Romance of the Rose)，是法国的作品，作者叫路易士(Louis)和麦恩(Meun)，这是寓言故事诗，其中也是以恋爱作经纬的。这时候的西班牙，行吟诗人与恋爱诗人很通行，宫廷诗人在法国也为一般贵族妇女所爱戴。吟行诗的记叙故事的，有《洛兰之歌》(The Song of Roland)。这是有名的韵文传奇。恋爱的传奇有法国的"Aucassin and Nicolette"，是散文与韵文合写的。

这时候我们更应该注意意大利不朽诗人但丁(Dante)的名作"The Divine Comedy"(《神曲》)。这诗歌为了他心中热爱的皮特丽司(Beatrice)的死而写的，是一个欢与愁的故事，是地狱的幻想，是他感情的集点所融化的作品。他的文笔，也是超绝后世的。此后有彼得拉西(Petrarch)用意大利文写的恋歌，但不及《神曲》那么为人们所爱戴了。

英国古代最著名的诗人是加塞(Chancer)，他用英文写诗而得到了成功。他的《坎特布里故事》(Canterbury Tales)享了盛名。中世纪末法国强盗诗人(Poet-thief)魏龙(Villion)出世了，他是一个杀人犯，在行刑时逃脱了好几次。他的原名是"Francois Monteobier"，有《民歌》一卷,是用法国古诗的格式写成的。

欧洲文艺复兴时代自但丁开启了先声以后,有意大利亚里斯脱(Lodovico Ariosto)的名作《奥兰度之怒》(Orlando Farioso),是这时代最纯粹、在现代最完全的诗歌。写基督教武士与异教武士的角斗,也穿插了恋爱的故事。文艺复兴以后的诗人,最有名的泰沙(Tasso)。他的"Jerusalem Delivered"也是一部伟大的诗篇。

英国伊丽莎白时代的诗人有魏特(Wyatt)与沙莱(Sarrey),他们的结果都是被杀的,前者是第一个用英文写十四行诗的人。后来有西特尼(Sidney),有一篇有趣的十四行诗"Astrophe land Stella",还有司宾塞(Spencer)的《仙后》(The Faërie Queen)

十七世纪英国的诗人黑里克(Herrick)是自然的作者,忠于英王而厌恶清教徒,同时洛回来斯(Lovelace)的"To Althea from Prison"也为后人所称赞,最负盛名的要算米尔顿(Milton)了,他是晚年失明的诗人,他的《失乐园》(Paradise Lost)写人与神间的交接,也是一部伟大的诗集。之后专写讽刺诗的特里顿(Dryden)可以比得上荷马的风格。

这时候,法国在路易十四时代,有一个天才诗人出现,他曾为英国诗人"Pope"所赞扬,他讽刺的笔调在他名作"Lutrin"也是不朽之作。

蒲伯(Pope)是十八世纪英国著名的诗人。十六岁已被人注意他的作品了。他的"The Pape of the Lock"使他成了名,他也曾译过《依里亚特》,也曾作过讽刺诗"The Dunciad",竟有人称他是英国最伟大的诗人的。之后,又有一个奇异的诗童查托登(Chattorton),他幼年的境况很可怜，十二岁时已会写讽刺诗了，先用古英文写诗，后来因为自己太骄傲，到处使他失望，在十七岁时服药自杀了。还有格莱（Gray），只存下一首"The Elegy Written is a Country Churchyard"，但是这诗使他获到很高的声誉。汤姆生（Thomason）的"The Seasons"及 The Castle of Endolence 是真朴而清淡的作品。其后有"苏格兰的莎士比亚"。宝痕斯（Burns）用苏格兰语写的"Fam O'shanter"和"Jolly Beggars"，又有牧童霍格（Hogg）的"The Queen's Wake"与"Skylark"、画家兼诗人勃来克"Blake"的"Poelical Sketches"和"Cradle Song"，也都是有名的著作。

此时法国也有讽刺诗人"Vollaire"、抒情诗人"Ohenier"；德国有世界闻名的诗人"Goeth"，他的《浮士德》（Faust）到现在还被人传颂。"Schiller"的"Mary Stuart"也很出名，他们两个人在德国诗坛上创造了无上的光荣。意大利悲剧诗人"Alfieri"还有"Monli"的史诗。西班牙 Calderon 的象征诗，Moratin 的史诗，葡萄牙的诗王 Camoens 的"Lusiads"，斯坎的那维亚的诗剧作者 Oehlenschläger, Evald, Stjernhjelm 等，都是著名的诗人。

十九世纪初叶，英国有湖上诗人（Lake Poets）——华兹华斯（Wordsworth）、可罗律琪（Coleridge）、沙赛（Southy），一部《抒情诗集》（The Lyrical Ballads）的出现，博得大众的注意。这里面只有《古舟子咏》（Arcient Mariner）是可罗律琪的名作。其余都是华兹华斯作的。这表示浪漫主义的巨波已到达英国了。沙赛被封为"桂冠诗人"（Poet Laureate）。他死了以后，由华兹华斯去承接这尊号。他们两个人的作风短而真朴，而可罗律琪的诗却是丰伟的。拜伦（Byron）是一个热情的诗人，他的名作"Dan Juan"震动了全世界，他被别人与莎士比亚并称。他的《海盗》（The Corsair）的文笔，也为一般人所颂扬。其时古贵族诗人雪莱（Shelly）和拜伦一样永离了祖国，他的"Alastor"与"The Cloud"，有人批评它在拜伦之上。同时又有铿斯（Keats），他的神话诗当初为批评家所不满，但是终于在诗坛上占有了重要的位置。

华兹华斯死后，"桂冠诗人"的荣誉落在丁尼孙（Tenngson）身上。他有美丽的故事《公主》（The Princess），有风趣的"The Lady of Shalott"，和他齐名是白朗宁（Browning），他有英文中最长的诗篇"The Ring and the Book"。最难得的他的夫人巴勒脱（Barret）也是一个女诗人。有她韵文的小说"Harora Leigh"，她的《孩子们的哭声》写到工厂中儿童的苦痛，这是当时所难得见到的。

罗司底（Roseti）兄妹，崇拜 Keate 的作风，他的十四行诗秀美而动人，他的妹妹和白朗宁夫人齐名。她有"The Goblin Market"。哈提（Hardy）的作风，是华兹华斯一派。他也写自然，但他是悲苦的。

法国漫主义的诗人拉马丁（Lamartine）因为他的恋之死，写了一部《默想》（Les Meditations）得到大众的欢迎，又有"The Lake"，是一篇清新的名作。此后，诗歌之王雨果《Hugo》出现了，他有巨大的叙事诗"La legende des Siscles"，但是佳作还是"Les Feuilles d'Automne"、"Les Ragon et les Ombres"、"Les Charsons des Rues et des Bois"等等。他对于世界是乐观的,他的诗的音节是嘹亮的。此外有 Vigny 的"Le Mort de Loup"、Musset"Contes d'Espagne et d' ltalie"等。次之,另一派的起来,完全是仿古的,后人叫他们"Parnaissian"。戈地(Gautier)的诗,雕琢得很美,成为这派的先锋。里耳(Lisle)的古典诗《上古之歌》等,是这一派的主要作品。卜路东(Sully-Prudhomme)的哲理诗,专重形式的海莱狄亚(Heredia)和恶魔诗人波特莱尔(Baudelaire)都属于这一派的。另一派是象征诗,魏伦(Verlaine)是领袖,他们以音乐为诗的唯一原则,当时的麦拉尔梅(Mallarme)也是象征派中的主角。

德国的浪漫主义诗人,有契米沙(Chamisso)、爱清杜夫(Eichondorff)和孟劳(Maller)。而爱清杜夫的文笔,实在超于其他二个以上。偏向于写实的诗人是犹太人海涅(Heine),他的诗集"Book of Songs"和后期作品"Atta Troll"很有名。还有犹太人布尼(Borne)和罗曼派崇拜者其培尔(Geibel)和女作家安尼特(Annette)也很有名。此后,大作家如以美的风格写诗的霍卜特门(Hauptmann),如象征派诗人佐冶·史得分(Stefan George)和律尔克(Rilke)等都有他们的特色,足以永垂不朽的。

十九世纪俄国的诗人普式金(Pashkin)。他以俄文写诗,得了当时人的崇拜,莱蒙托夫(Lermontov)崇拜普式金而做诗,也是值得注意的。屠格涅夫的散文诗,虽用散文写,但却是很好、很精邃的作品。此外,尼克拉沙夫,他是复仇与忧愁的诗神,杜采夫(Tyuttchov)的唯美诗,也是俄国诗坛的异彩。这时代波兰的诗人有来农(Rey),美基回斯(Mickiewcz),他是波兰的杜甫;还有史洛瓦基(Slowocki),他在国外的诗名,在美基回斯之上。女诗人克诺甫尼加(Konopnicka)也有不少的佳作。而丹麦的 Oehlenschläger Baggesen,近代的 Rürdan 和 Müller,挪威的 Wergeland、Heiberg 和 Olaf Bull 以及瑞典的 Tegner、Lagerlöf 和意大利的 Monti、Foscolo,西班牙的 Quintana,葡萄牙的 Garrot 也是各有各的作风,可以称作"诗人"的。

近世纪的诗,仍有更新的园地,仍向新的境地里努力,至于得失,得让后人来清算,来批评了。我们在欧洲诗史上考察起来和中国诗不同之点是:(1)欧洲的长的叙事诗多于中国,(2)欧洲的诗在古代大抵是叙事的,而且所叙的大半是神话,或者是传奇。而中国以抒情诗为多。但是欧洲古典主义派的做诗与中国旧诗的注意格律这一点似乎是相同的。他们不忽略诗与音乐的关系,这一点也与中国旧诗的注重音调相同。

但是中国近年来的诗,却改变了它的方向,把旧的格调音调都废止了,而注意于自然的、自由的格律和音节,显然这是受了欧洲诗体的影响,这当然是进步的、合理的、合于艺术性的。但是最近的几十年中,中国新诗并没有长足的进步,甚至可以说是到现在还不曾。天才的诗人往往会忽略音律,这是无可讳言的,而懂得音乐的美的,又未必愿意研究诗。究竟以后的成就如何,只能有俟于后人之努力了。

第十一章
新诗的创作与译作

自从清季金和做诗提倡"万卷读破后,一一勘同异,更从古人前,混沌辟新意"和"所作能不纯乎纯,要之语语皆天真,时人不能为,乃谓非古人"。于是旧诗界的风气为之一变,于是性灵之说更见重于当世,而格律与典实皆在废除之列。其后黄遵宪更说:

> 我手写我口,古岂能拘牵?既今流俗语,我若登简篇,五千年后人,惊为古斓班。

又说:

> 各人有面目,正不必与古人相同。吾欲以古文家抑扬变化之法作古诗,取《骚》、《选》、乐府、歌行之神理入近体诗;其取材

以群经、三史、诸子百家及许、郑诸注为词赋家不常用者,其述事以官书、会典、方言、俗谚及古人未有之物未辟之境,举吾耳目所亲历者,皆笔而书之,而不失为我之手写我之口。

但是他们却是主张改造而不是革新的,他们想在旧形式里开辟一条新的道路来,并不主张废止旧诗的格律。所以另为当世一振聋聩,但肯照他们走的,始终还不多,不过,这已经启了诗的革命的先声。于是清代末年一批复古诗人仍走上了宋诗、唐诗的路,而新诗运动的潮流已潜伏着了。

自从文艺革命的潮流起来以后,中国的诗,起了一个极大的反动,将旧诗的格律声韵一起铲除了。胡适的《尝试集》中说:

文章革命何疑!且准备搴旗作健儿,要前空千古,下开百世,收他臭腐,还我神奇,为大中华造新文学,此业吾曹欲让谁?诗材料有簇新世界,供我驱驰。

但是那时的新诗,也只是针对着旧诗的格律而作,因此只用长短句来写诗,和宋代新兴的词差不多。即如胡氏上面的作品而言,也只是用文言文的语调来写作新诗的。这时候的做诗者可以分作两派,一派如刘大白这一班人,他们的诗,从旧诗中变化出来,仍保持着诗的一种风趣与不成格律的格律。另一派如康白情一流完全以白话做诗而没有诗的风趣,只不过用诗的形式写出来的诗,前一派,固然有不彻底的毛病,而后一派更有粗俗的毛病。试举刘大白的《钱塘江上一瞥》作例:

空中拂拂的风,
　　江上鳞鳞的浪。
风行浪动,
　　岸来船往。
两岸南来船北往,
　　太阳西向人东向。

对着我的太阳,
　　从空中照向江上;
在风行浪动里,
　　现出闪闪的万点金光;
在岸来船往里,
　　电影似地跟着人眼帘平移过去,
显出一幅宇宙的迁流相。

从这迁流相里,
　　截取它的一断片,
被你们认识的人生,

就不过这么一点一闪。

但这一点一闪,

却也光怪陆离,万化千变。

就第一节看来,每两句完全是对称的,和律诗的对句并没有什么两样。其中"拂拂"和"鳞鳞"也是平仄相对的;"风行浪动"、"岸来船往"对得非常工切。"两岸南来船北往"和"太阳西向人东向"简直是两句七言诗了。可见作者的新诗,也是从旧诗中变化出来的。在创制新诗中,不知不觉地在应用旧诗的格律和平仄了。这和清代郑板桥用《满江红》调填的《四时农家苦乐歌》差不多:

老树槎枒撼四壁,寒声正怒。扫不尽牛溲满地,粪渣当户。茅舍日斜云酿雪,长堤路断风和雨。尽村春夜火到天明,田家苦。

草为榻,芦作幕,土为锉,瓠为杓,碩松枝带雪,烹葵煮藿。秫酒酿成欢里舍,官租完了离城郭。笑山妻涂粉过新年,田家乐。

不过是用字的浅深不同罢了。句语的变化,对偶的摒弃,还是后一例多变化呢!

至于康白情一流,完全是抓着什么就写什么,形式固然和旧诗不同，但终嫌没有诗意。所以这一流，不久便没落了。这是时代的关系，在旧诗的极端反动之下，当然会产生这种更趋极端的作品了。

比较进步的有徐志摩、朱自清、闻一多、戴望舒的诗，这时候，总算是新诗进化的时期了，一方面也是自然的收获，而另一方面也是受了外来文学的影响，译诗的风气大盛起来。译诗不单译西方的诗，也译了东方的诗。普式金、莱蒙托夫、席勒、歌德等等的诗篇被人们介绍到中国来，太戈尔和日本作者的诗也有很多的译作。但是译诗并不是一件容易的事，诗的字句可以照译，诗的格调可以照译，而诗的风趣却不容易译过来的。所以西方的诗影响于中国的只是一个格式而已。我们先看这时期所译的诗吧。这时候译的西方的有韵的诗，如沈雁冰所译的捷克 Peter Bezrne 的《坑中的工人》：

我掘，在地下掘；
圆石闪闪发光，状如蛇鳞，我掘。
在波兰斯卡奥斯忒拉伐底下，我掘。

我的灯熄灭了，我的头发挂在我眉头，
杂乱而且被汗污渍湿，
我的眼睛，痛而且滞。
从我的爪甲下，泌出乳色的血；
在波兰斯卡奥斯忒底下，我掘。

我的阔锤击在坑中,

在苏尔摩伐克我掘,

在莱支伐尔特我掘,而且在配柴伐尔特,我掘。

我的妻冻而喑泣,受难于古度拉,

抚饿的小孩子,在她胸前啼哭。

我掘,在地下我掘。

火星从炕中爆射出来,火星从我眼中爆射出来,

在唐市拉德我掘,在奥尔洛法我掘,

在泡莱巴我掘,而且在拉柴底下我掘。

译诗要用韵,始终也不是一件容易事,如屠格涅夫的散文诗较普式金的为流行,也就是这个缘故。例如刘半农译的太戈尔的《恶邮差》:

你为什么静悄悄的坐在那地板上,告诉我罢,好母亲。

雨从窗里打进来,打得你浑身湿了,你也不管。

你听见那钟,已打了四下么?是哥哥放学回来的时候了。

究竟为着什么,你面貌这样希奇?

是今天没有接到父亲的信么?

我看见邮差的,它背了一袋信,送给镇上人,人人都送到。

只有父亲的信,给他留去自己看了,我说那邮差,定是个恶人。

但是你不要为了这事不快乐,好母亲!

明天那边村上,是个集市的日子,你叫阿妈去买些纸和笔。

父亲写的信,我都能写的,你可以一个错处也找不出。

我来从 A 字写起,直写到 K。

但是,母亲,你为什么笑?

你不信,我能写得和父亲一样好么?

我能把我的纸,好好的打格子;所写的,尽是美丽的大字母。

我写完了,你以为我也和父亲一样蠢,把他投在那可怕的邮差的袋里吗?

我来自己送给你,免得等候;还指着一个个的字母,帮你读。

我知道那邮差,不愿意把真正好的信送给你。

译诗,一直到现在,还被人认为是一件不容易的事。如苏曼殊一样把外国诗译成旧体诗固然不好,语句完全欧化而不能表达作者的性灵与风格的,也是失败的译诗。诗,和一国的语言与风俗人情很有关系,译诗的人不单自己会了解诗,而且也得了解原作者的性情与风格。所以译诗的工作,和新诗一样,到现在还不曾有一个标准,各人译各人的诗,各人有各人的译法,一直到现在还不曾有满意的收获。

至于因译述的影响的新诗,在这时期一直到现在为止,也曾有新的收获。最可注意的是散文诗的出现,与新诗性情描写技巧的进步。

　　散文诗,是比较最易容纳诗意的一种文学形式,中国新诗的收获,还在散文诗上,散文诗不定是一篇小巧的散文,也有很短的小诗,而这里面却充溢了诗趣。例如朱自清的《匆匆》便是一首很好的散文诗,其他如苏梅的《溪水》、朱自清的《春绿》,也各有它的风格。举《匆匆》中的二节为例:

　　　　燕子去了,有再来的时候,杨柳枯了,有再青的时候,桃花谢了,有再开的时候,但是聪明的,你告诉我,我们的日子,为什么一去不复返呢?是有人偷了他们罢,那是谁?又藏在何处呢?是他们自己逃走了罢,现在又到了哪里呢?

　　　　我不知道他们给了我多少日子,但是我的手,确乎渐渐空虚了。在默默里算着,八千多日子已经我手中溜去,像针尖上一滴水滴在大海里,我的日子滴在时间的流里,没有声音,也没有影子,我不禁头涔涔而泪潸潸了。

其中诗意之浓厚,比有韵的诗更甚。它可以跳脱格律的拘束和音韵的规定,而自由抒写其情感。但是认为音乐与诗有密切关系的人,他们是否会赞成散文诗的盛行呢?

　　除了散文诗外,有韵诗的形式一是句语没长短,二是句子多少

不一定,三是平仄不管,四是韵脚只要和洽就是。但是其中也有很整齐的,例如徐志摩的《苏苏》:

苏苏是一个痴心的女子,
　像一朵野蔷薇,她的丰姿,
　像一朵野蔷薇,她的丰姿,——
来一阵暴风雨,摧残了他的身世。

这荒草地里有她的墓碑,
　淹没在蔓草里,她的伤悲,
　淹没在蔓草里,她的伤悲,——
啊! 这荒土里化生了血染的蔷薇!

那蔷薇是痴心女子的灵魂,
　在清早上受清露的滋润,
　到黄昏时有晚风来温存,
更有那长夜的安慰看星斗纵横。

你说这应分是她的平安?
　但运命又叫无情的手来攀,
　攀,攀尽了青条上的灿烂,——
可怜啊! 苏苏她又遭一度的摧残!

"看星斗纵横"的句调,也是和现代口语不大符合的。所以新诗到现在依然不能完全脱了旧诗的束缚。而"反覆"的方法,旧诗中也常有得用到,在《诗经》中便很多了。当然我们现代做诗,也要取旧诗之所长,但最紧要的是别忘记这时代,在这时代里的口语怎样,在这时代里的现实情形怎样。我也赞成白居易的"诗为合时而作"的话。这是内容方面的意见。外形,既然不愿再受形式的拘束,我们不妨可以更自由一些。当然可以造成诗的音乐的美的因子,也不能完全去掉。让我再举一个比较形式上更自由的例子吧,如闻一多的《你看》:

> 你看,太阳像眠后的春蚕一样。
> 镇日吐不尽黄丝似的光芒;
> 你看负暄的红襟在电杆梢上,
> 酣眠的锦鸭泊在老柳根旁。
>
> 你眼前又陈列着青春的宝藏,
> 朋友们请就在这眼前欣赏。
> 你有眼睛请再看青山的峦幛,
> 但莫向那山外探望你的家乡。
>
> 你听听那枝头颂春的梅花雀,
> 你得揩乾眼泪,和他一只歌,

朋友，乡愁最是个无情的恶魔，
他能教你眼前的春光变成沙漠。

你看春风解放了冰锁的寒溪，
半溪白齿淙淙的漱着涟漪。
细草又织就了釉釉的绿意，
白杨枝上招展着么小的银旗。

朋友们，等你看到故乡的春，
怕不要老尽春光老尽了人？
啊！不要探望你的家乡，朋友们，
家乡是个贼，他能偷去你的心。

不但文字上显得出美，音节上也有变化，诗意更溢满。不过各节的句式似乎还太嫌整齐些。固然"整齐"是诗的一个美点，单是整齐而少变化，似乎也觉得乏味，也有短短的句小诗，它的句式不一定，也没有什么韵，而趣味却很浓厚的，例如日本作者的一首小诗《苦辛》。

世界的苦辛，
人类的苦辛，
日本人的苦辛，——
所以我瘦了！

其中含有无限的感慨与抑郁,虽然形式上没有什么可以帮助它的地方,但终于不失为一首好诗。与陈子昂的:

> 前无古人,后无来者,念天地之悠悠,独怆然而涕下。

有同样的风趣。所以新诗的前途,再不能向格律去求发展,要努力于内容的改进,不然"天地玄黄宇宙洪荒"固然不能称做诗,而"我的爱,我的苦,"也不算作水平线以上的新诗的。

此外,更有一种民俗诗,即是山歌与童谣,也颇有值得注意之处,黄遵宪那时便开始注意它的结构与发展了,当然,这是最深入于民间,最简单、最动人的诗歌。其中颇有不少还因袭着以往的形式,如七言诗五言诗那种格式的,但也有不少是完全新制而颇有诗意的,要民歌和新诗打成一片,使诗不再是庙堂或士大夫阶级的文艺,才有永存的价值,才有发展的希望。

近几年来,新诗没有多大的收获,许多人喜欢学象征诗,许多人在写未来派的诗,也有许多主张着他们的唯美主义,各人说法不同,但是在这种潮流未息的时代中,新诗的呼声又低下去了。这一半固然由于旧诗的势力,仍旧盛行,而最大的原因,还是研究者的不努力。所以旧诗固然不能继续它的生命,而五四前后之新诗,也不能永久占着诗坛上的一个地位的。新诗前途正是一片荒芜的境地,有俟于现在及将来的开拓。希望新诗不是单只一个波浪,以后会有更多的收获。

  但是在译诗方面，就数量而论，的确有惊人的进展，差不多有名作家的名作，都被译成中文，也有许多人在现代将以前曾译过的作品加以重译的，这当然是一个可喜的现象，不过在译诗的技巧上，直译和意译，曾闹过一次大大的冲突，而后来也没有下文，所以也是各行其是。不过外国作品的介绍愈多，可以使我国人于新诗有更多的认识，有更多的兴味，这也是促使新诗进展的原动力。

第十二章
旧诗的类别

　　这里所说的分类,乃是指诗的内容而说的。

　　乐府的命题,有它一定的来源,后来人仿效制作,已失去了它的本义。同时,因为题目的沿袭,内容也多晦涩,即同是叙情之作,真意亦颇不明白。但古诗近体,可以依它的内容来分述一二,当然同做文章一样,和题目也是有着密切的关系的。所以这一章里,乐府诗的内容姑且不去论它。审阅诗的内容和题目,可以知道诗的作法的一部分,而且,各人风格的不同,也可以从这分类里看出来的。

　　诗的用途很广,所以分类也很复杂,它可以写怀,也可以论理;它可以讽刺,也可以作游戏。它更可以实在地应用,如作信、题记、吊贺之用。所以我们约略地可以将它分成四个大类:1.记叙,2.抒情,3.酬答,4.论理。每项之中,又可以包含好几个小的项目,作表如下:

诗的内容
- A. 记叙
  1. 记物
  2. 记事
  3. 记时
  4. 记人
  5. 记景
  6. 记兵
- B. 抒情
  1. 怀古
  2. 羁旅
  3. 怀人
  4. 闺思
  5. 讽刺
  6. 贺挽
- C. 酬答
  1. 代简
  2. 口号
  3. 酬赠
  4. 答谢
  5. 留别
  6. 送别
- D. 论理
  1. 论禅
  2. 论诗
  3. 论学
  4. 论政
  5. 论人生
  6. 论古人

A. 记叙　诗中的记叙,和文章的记叙一样,但多简略之处,不能如廿四史中之传记一样地篇幅浩繁。这是诗文记叙不同之处。《诗经》之中,如《氓》,是记事的诗;如《七月》,是记时的诗;如《蒹葭》,是记景的诗;后来的诗中,记叙一项,更有很多的类别。

记物的诗,又可以分作两种,一是记动的物,二是记静的物,记物不但要形容所记的东西惟妙惟肖,同时还得渗入作者的情感,如果单是咏物,那便成为一个谜语了。例如杜甫的《咏鸂鶒》诗:

故使笼宽织,须知动损毛。看云莫怅望,失水任呼号。
六翮曾经剪,孤飞卒未高。且无鹰隼虑,留滞莫辞劳。

他下半有了自己的见解。至于咏静物的,如李白的《白胡桃》:

红罗袖里分明见,白玉盘中看却无。
疑是老僧休念诵,腕前推下水晶珠。

这种诗已有诗谜的像子了,《升庵诗话》称杜牧的《咏鹭诗》已是鹭丝的谜了。"霜衣雪发青玉嘴,群捕鱼儿溪影中。惊飞远映碧山去,一树梨花落晚风。"这已变成游戏中的一项,毫无情性可言。至于诗谜,也有很有趣的,如洪迈《夷坚志》所载:

元祐间,士大夫好事者取达官姓名为诗谜云:"雪天晴色见虹霓,千里江山遇帝畿,天子手中朝白玉,秀才不肯着麻衣。"谓韩公绛、鸿公京、王公珪、曾公布也。

除了记整件的物的以外,尚有题物之诗,如杜甫的《李潮八分小篆歌》、韩愈《石鼓歌》,而题画的诗,至今更多见。

记事的诗,即所谓叙事诗,中国叙事诗最长的是《古诗为焦仲卿妻作》,自叙的诗,如蔡琰的《悲愤诗》,记别人之事的,如韦庄的《秦妇吟》。杜甫的《北征》,是自记的,白居易的《琵琶行》、《长恨歌》,吴梅村的《圆圆曲》等都是记别人之事的。大抵记事之诗篇幅比较最冗长,也最不容易讨好。但也有用律诗来记事的,总嫌它说不明白,如杜甫的《闻庆州赵纵使君与党项战中箭身死》:

将军独乘铁骢马,榆溪战中金仆姑。
死绥却是古来有,骁将自惊今日无。
青史文章争点笔,朱门歌舞笑捐躯。
谁知我亦轻生者,不得君王丈二殳。

虽然简短,但毫无趣味,这是写事不能在这短篇幅中仔细描画的缘故。

记时的诗,大都掺杂了作者当时所触的感情,同时,也带叙了这

时这地的事实或景致,专记时的诗可以说没有,其中比较有味而切于时令的,如杜甫的:

老去悲秋强自宽,兴来今日尽君欢。
羞将短发还吹帽,笑倩旁人为整冠。
蓝水远从千涧落,玉山高并两峰寒。
明年此会知谁健,醉把茱萸仔细看。

(《重阳》)

至于记人的诗,也不多见,大抵另有用处,而此中以写美人为多,例如杜甫的《佳人》:

绝代有佳人,幽居在空谷。自云良家子,零落依草木。
关中昔丧乱,兄弟遭杀戮。官高何足论,不得收骨肉。
世情恶衰歇,万世随转烛。夫婿轻薄儿,新人已如玉。
合昏尚有时,鸳鸯不独宿。但见新人笑,那闻旧人哭。
在山泉水清,出山泉水浊。侍婢卖珠回,牵萝补茅屋。
摘花不插发,采柏动盈掬。天寒翠袖薄,日暮倚修竹。

它如《木兰辞》虽似记事,而实以记人为中心的。又如杜甫的《不见》,也是记人(李白)的作品。

不见李生久,佯狂真可哀!世人皆欲杀,吾意独怜才。
敏捷诗千首,飘零酒一杯。匡山读书处,头白好归来。

记景之诗诗中最多,大抵写景可以分为三派,一是山水之景,二是田园之景,三是边塞之景。单是写景也不算什么上乘之作,要景中有情才觉生动。山水之景的作者也可以分作两种,一种是以恬淡为主的,另一种却写其奇丽。前者如王维的诗,后者如谢灵运。各举一例,以见其风格:

猿鸣诚知曙,谷幽光未显。岩下云方合,花上露犹泫。
逶迤傍隈隩,迢递步崎岖。过涧既厉急,登栈亦陵缅。
川渚屡径复,乘流玩回转。苹萍泛沉深,菰蒲冒清浅。
企石挹飞泉,攀林摘叶卷。想见山阿人,薜萝若在眼。
握兰勤徒结,折麻心莫展。情用赏为美,事昧竟谁辨。
观此遗物虑,一悟得所遣。

(谢灵运)

言入黄花川,每逐青溪水。随山将万转,趣途无百里。
声喧乱石中,色静深松里。漾漾泛菱荇,澄澄映葭苇。
我心素已闲,清川澹如此。请留磐石上,垂钓将已矣。

(王维)

写田园的诗,王维也是能手,唐代的韦应物、储光羲也是这一类,但宋人范成大更以田园诗得名,他完全写田园农家的气象,非常逼真。如:

社下烧钱鼓似雷,日斜扶得醉翁回。
青枝满地花狼藉,知是儿孙斗草来。

雨后山家起较迟,天窗晓色半熹微。
老翁欹枕听莺啭,童子开门放燕飞。

唐代的王昌龄、李颀、岑参等专于写北方边塞的风景,也有特长,颇有豪凉的气概,不复举例。

记兵,即是记战争的诗,以杜甫的《前出塞》、《后出塞》为最著名,但是也间写战士的感情的,举二首如下:

男儿生世间,及壮当封侯。战伐有功业,焉能守旧丘?
召募赴蓟门,军动不可留。千金卖马鞍,百金装刀头。
闾里送我行,亲戚拥道周。斑白居上列,洒酒进庶羞。
少年别有赠,含笑看吴钩。

朝进东门营,暮上河阳桥。落日照大旗,马鸣风萧萧。

平沙列万幕,部伍各见招。中天悬明月,令严夜寂寥。

悲笳数声动,壮士惨不骄。借问大将谁,恐是霍嫖姚。

B. 抒情　人类的感情千变万化,实在无从分起,姑就诗中常见的题目来分类。抒情贵于真挚,有空言往复,毫无深意的,不算是好诗。《诗经》一书大都是抒情之作,但人事的复杂,地域的复杂,时代的复杂,又如何能写得尽呢。所以分为怀古、羁旅、怀人、闺情、讽刺、挽贺六项。

怀古的诗,是人们见到了古代的遗迹,不免有"物是人非"之感。例如韦庄的《金陵图》:

江雨霏霏江草齐,六朝如梦鸟空啼。

无情最是台城柳,依旧烟笼十里堤。

又如:

长安九城路,戚里五侯家。结束趋平乐,联翩抵狭斜。

高楼临远水,复道出繁花。唯见相如宅,蓬门庆岁华。

(皇甫丹《长安路》)

凤凰台上凤凰游,凤去台空江自流。

吴宫花草埋幽径,晋代衣冠成古丘。
三山半落青天外,二水中分白鹭洲。
总为浮云能蔽日,长安不见使人愁。

(李白《登金陵凤凰台》)

此种怀古的作品大抵古今作一对比,而幽怨之情,在这对比中流露出来,并不是单记古代风物而已。

"羁旅"是作客他乡的意思,大抵人们对于故乡总有思念之情,所以在春秋佳日尤其触动羁客的心怀。一种是不能返家之苦痛,一种是写作客异乡的寂寞。例如:

故园东望路漫漫,双袖龙钟泪不干。
马上相逢无纸笔,凭君转语告平安。

又如王维的《九月九日忆山东兄弟》和崔涂的《除夜有怀》:

独在异乡为异客,每逢佳节倍思亲。
遥知兄弟登高处,遍插茱萸少一人。

迢递三巴路,羁危万里身。乱山残雪夜,孤烛异乡人。
渐与骨肉远,转于僮仆亲。那堪正飘泊,明日岁华新。

怀人的诗,常见的是怀念友人,也有念妻的,也有念兄弟的,思友以杜甫《梦李白》为最著。

浮云终日行,游子久不至。三夜频梦君,情亲见君意。
告归常局促,苦道来不易。江湖多风波,舟楫恐失坠。
出门搔白首,苦负平生志。冠盖满京华,斯人独憔悴!
孰云网恢恢?将老身反累!千秋万岁名,寂寞身后事。

(杜甫诗)

君问归期未有期,巴山夜雨涨秋池。
何当共剪西窗烛,却话巴山夜雨时。

(李商隐《夜雨寄内》)

时难年荒世业空,弟兄羁旅各西东。
田园寥落干戈后,骨肉流离道路中。
吊影分为千里雁,辞根散作九秋蓬。
共看明月应垂泪,一夜乡心五处同。

(白居易《望月寄诸兄弟》)

戍鼓断人行,边秋一雁声。
露从今夜白,月是故乡明。

有弟皆分散,无家问死生。

寄书长不达,况乃未休兵。

(杜甫《月夜忆舍弟》)

所谓"闺情"乃女子怀念恋人之诗,古代做诗者,有的借女子怀夫之情来寄托自己思君之感,也有的真是写恋歌的。即使是男作者,也以想象真挚为上乘。唐代的闺情诗一半是写丈夫远征的,一半是宫中的女子的怀春的,例如金昌绪的《春怨》:

打起黄莺儿,莫教枝上啼。

啼时惊妾梦,不得到辽西。

这是说丈夫远征的。又如王昌龄的《长信怨》:

奉帚平明金殿开,暂将团扇共徘徊。

玉颜不及寒鸦色,犹带昭阳日影来。

这是写宫女的寂寞的。此外,尚有一班女子恋情人的诗歌,以及写热恋时的诗歌,此等制作,以《子夜歌》为最出名,兹录几首:

朝思出前门,暮思还后渚。

> 语笑向谁道,腹中阴忆汝。
>
> 夜长不得眠,转侧听更鼓。
> 无故欢相逢,使侬肝肠苦。

此后拟作的甚多,有所谓"竹枝词"、"吴娃曲"等等,陆游的《吴娃曲》,也很有趣:

> 忘忧石榴深浅红,草花红紫亦成丛。
> 明年开时不望见,只好郎君不著侬。
>
> 二月镜湖水拍天,禹王庙下斗龙船。
> 龙船年年相似好,人自今年异去年。

"讽刺",在诗中是很有意义的作品,而中国诗里却只有嘲弄。讽刺要蕴而不露,如《诗经》上的《鸱鸮》、《伐檀》,都是很好的例子。后来的作品,却没有很好的讽刺诗。杜甫的《丽人行》后面有"炙手可热势绝伦,慎莫近前丞相嗔。"这两句有些讽刺杨国忠的,但是也只是热骂而非讽刺。所谓讽刺只有嘲弄而已。如:

> 猿吟一何苦,愁朝复悲夕。

莫作巫峡声,肠断秋江客。

(王维《闻裴秀才迪吟诗因戏赠》)

地白风色寒,雪片大如手。
笑杀陶渊明,不饮杯中酒。
浪抚一张琴,虚栽五株柳。
空负头上巾,吾与尔何有!

(李白《嘲王历阳不肯饮酒》)

C. 酬答 这一项是将诗应用到实用上去的一种作品,"代简"便是以诗作信;"口号"便是"行吟";"酬赠"是以诗赠人;"答谢"是以诗复人。"留别"与"送别"也是一种应酬的东西。《诗经》上这种例子还没有,大约起于汉代而盛于唐代。

以诗作信,是一件很有趣的尝试,杜甫的《将赴成都草堂途中有作先寄严郑公》五首,是以诗代信的名制。

得归茅屋赴成都,直为文翁再剖符。
但使闾阎还揖让,敢论松菊久荒芜。
鱼知丙穴由来美,酒忆郫筒不用酤。
五马旧曾谙小径,几回书札待潜夫。

可惜这五首之中没有联系,还不曾成立了书信的粗形。其后李商隐有一首《寄令狐郎中》也是以诗为信的诗:

嵩云秦树久离居,双鲤迢迢一纸书。
休问梁园旧宾客,茂陵秋雨病相如。

"口号"乃是临时口吟的意思,大抵是赠人用的,其实原作的是否口号,已不得而知了。姑举李白的一首为例:

陶令辞彭泽,梁鸿入会稽。我寻高士传,君与古人齐。
云卧留丹壑,天书降紫泥。不知杨伯起,早晚向关西。

实际上它的内容和别的诗没有什么两样,而其不同,是在口头的吟咏,和我们当面的应酬一样。

"酬赠"和"答谢"只是做诗原因上的不同。赠可以由自己说话,而答一定要有所指,所赠或赞美,或规劝,不能浮泛。赠诗很多,如梁锽的赠李中华,是规劝的诗;又如贾玉的赠陕掾梁宏,是赞美的赠诗。

莫向嵩山去,神仙多误人。
不如朝魏阙,天子重贤臣。

(李中华诗)

梁子工文四十年,诗颠名过草书颠。
白头仍作功曹椽,俸薄难供沽酒钱。

(贾玉诗)

答谢之诗,一为答,一为谢。古人答诗,只答其意,并不和韵。唐人始用之,如元稹与白居易相酬答之诗。

晨起临风一惆怅,通州溢水断相闻。
不知忆我因何事,昨夜三回梦见君。

(白氏原诗)

山水万重书断绝,念君怜我梦相闻。
我今因病魂颠倒,唯梦闲人不梦君。

(元氏答诗)

谢人之诗,大抵将原诗或所赠之物加以描写,如白居易的《南侍御以石相赠助成水声因以绝句谢之》:

泉石磷磷声似琴,闲眠静听洗尘心。
莫轻两片青苔石,一夜潺湲直万金。

"留别"与"送别"不同。"留别"则写恋恋之意,"送别"则多勉慰之语。"留别"中别者所写,"送别"是送者所作,立场绝不相同。例如韦应物的《留别洛京亲友》:

握手出都门,驾言适京师。岂不怀旧庐,惆怅与子辞?
丽日坐高阁,清觞宴华池。昨游倏已过,后遇良未知。
念结路方永,岁阴野无晖。单车我当去,暮雪子独归。
临流一相望,零泪忽沾衣。

这是出门者留别的诗,如皮日休《送从弟归复州》则是送人的诗——送别诗。

美尔优游正少年,竟陵烟月似吴天。
车螯近岸无妨取,舴艋随风不费牵。
处处路傍千顷稻,家家门外一渠莲。
殷勤莫笑襄阳住,为爱南塘缩项鳊。

D. 论理　诗中以论理诗最为乏味,因为诗用于议理便少风趣。但是古今作者很多,不得不别为一格。"论学"诗以宋儒为最多,如果老老实实地说理,毫无趣味,假使能以比喻出之较有意思,《四库

全书提要》说:

> 自班固作咏史诗,始兆论宗,东方朔作诫子诗,始涉理路,沿及北宋,鄙唐之不知道,于是以论理为本,修词为末,而诗格于是乎大变。

试观王安石的咏理诗:

> 云从无心来,还向无心去。无心无处寻,莫觅无心处。

便索然寡味。他的论学诗又道:

> 我读万卷书,识尽天下理。智者渠自知,愚者谁信尔。
> 奇哉闲道人,跳出三句里。独悟自根本,不从他处起。

但如朱熹的以水喻学,便有可诵之处了。

> 半亩方塘一鉴开,天光云影共徘徊。
> 问渠那得清如许,为有源头活水来。

自魏晋老庄之学盛行,诗人以老庄哲理做诗,唐宋以后,更有以

禅理做诗者,如苏轼便是喜欢以禅理入诗的一个诗人。但是句句言禅,其病与宋儒言学的坏处一样。王安石也是如此。例如他的:

> 寒时暖处坐,热时凉处行。
> 众生不异佛,佛即是众生。

这又有什么趣味呢?

论政的诗,也容易流成枯燥无味,一种是歌功颂德,一种是讽刺时政。普通很少以议论出之。如杜甫的《三吏》、《三别》,如白居易的新乐府都是,但他们都是借事以讽,不能说是论政的。至于歌颂功德的很多很多,随便举一个例子,如王维应制之作:

> 渭水自萦秦塞曲,黄山旧绕汉宫斜。
> 銮舆迥出千门柳,阁道回看上苑花。
> 云里帝城双凤阙,雨中春树万人家。
> 为乘阳气行时会,不是宸游玩物华。

论人之诗,或论古人,即是咏史;或论今人,即是记人。咏史之作始于班固而大成于左思。唐代杜甫之《秋兴诸将》,宋代欧阳修、王安石咏王昭君之作,都是论人的作品。王安石的《明妃曲》,其中颇有自己的见解:

明妃初出汉宫时,泪湿春风鬓脚垂。
低徊顾影无颜色,尚得君王不自持。
归来却怪丹青手,入眼平生几曾有。
意态由来画不成,当时枉杀毛延寿。
一去心知更不归,可怜着尽汉宫衣。
寄声若问塞南事,只有年年鸿雁飞。
家人万里传消息,好在毡城莫相忆。
君不见咫尺长门闭阿娇,人生失意无南北。

论人生的诗,魏晋人言之甚多,唐代和尚诗人以禅理讨论人生问题,颇能诙谐,但是太嫌乏味。如王梵志的:

黄金未是宝,学问胜珠珍。丈夫无技艺,虚沾一世人。

得他一束绢,还他一束罗。计时应大重,直为岁年多。

共受虚假身,共禀太虚气。死去虽更生,回来尽不记。
以止好寻思,万事淡无味。不如慰俗心,时时一倒醉。

其他诗人的作品中固然有许多说到人生问题的,但是只是感慨而不是讨论，只是无可奈何地呼号，而不是平心静气地陈述。

　　至于论诗的作品，自杜甫的论诗六绝之后，元好问、袁枚等等也都有以诗论诗的作品。但是这都是主观的批评，而非科学的研究。不过自他们之后，论诗诗的风气很盛，大家都喜欢诌几句诗来批评诗人。例子详见《诗的批评》一章中，此处不多举例了。

　　诗的内容的分类，大抵如此。至于诗的命题，完全由作者自由选择，除了考试时限题限韵的诗以外。所以诗的题目并无一定格式，也不必拘于字面的典雅。而所咏的材料，无论情物，大至家国之情，小至草木之微，无处不可吟咏性情的。清代的考诗题目有"赋得……"等，实在不大妥当。但是题目与诗的内容和文章的题目与内容一样，不能相去太远。诗题，也是一首诗的纲要啊。尤其是一题数首的作品，其中先后的支配，轻重的分列，也得仔细加以考虑的。又，古人诗的题目喜欢拉得很长，甚至有四十字以上的，我们也不必去学它。

第十三章
文字上的修饰与安排

中国诗除了古风与排律以外,每一首的字数都不满一百个字。那么,在这短短的篇幅中,用字也受了限制,不能和散文一样地随意增减,所以做诗第一个困难,是如何选择适当的单字或词头。次之,如何将选择好的单字或词头来按次排列。次之,如何可以以婉曲余韵的手法来表达你所要说的心情。

贾岛的推敲、贯休的改字、王安石的"春风又绿江南岸"、黄山谷的"高蝉正用一枝鸣"都是斟酌用字的名例。刘勰《文心雕龙》的《练字篇》中也说:"缀字属篇,必须炼择"。于是诗人中便有"练字"的话,其实所谓"练字",也不过是字的选择而已。贾岛诗:"两句三年得,一吟双泪垂。"他的话虽然过分,但是也可以知道做诗的费力了。杜甫诗:"新诗故罢自长吟",袁枚《遣兴诗》也说:"爱好由来落笔难,一字千改始心安。阿婆还是初笄女,头未梳成不许看。"所以做诗练字大都经过几次改易方才定稿的。《苕溪渔隐丛话》有一节说：

  《漫叟诗话》云："桃花细逐杨花落，黄鸟时兼白鸟飞。"李商老云：尝见徐师川，说一士大夫家，有老杜墨迹，其初云："桃花欲共杨花语。"自以淡墨改三字，乃知古人字不厌改也。不然，何以有日锻月炼之语？

《诗话总龟》引《郡阁雅谈》中也有炼字的一则故事：

  僧齐已往袁州谒郑谷，献诗曰："高名喧省闼，雅颂出吾唐。叠巘供秋望，飞云到夕阳。自封修药院，别下着僧床。几话中朝事，久离鸳鹭行。"谷览之云："请改一字，方得相见。"经数日再谒，称已改得，诗云："别扫着僧床。"谷嘉赏，结为诗友。

所以用字的确不是一件容易的事。同时也没一定的法则可循，要作者自己去揣摩历练。但是我们不妨在古人诗句中去归纳研究一下。
  诗中用字，常常隐用，使诗句婉曲，如王安石的《木末》诗："缲成白雪桑重绿，割尽黄云稻正青。"其中"白雪"是用以说"丝"的；"黄云"用以说"稻"的。又如杜甫《奉赠韦左丞》："纨绔不饿死，儒冠多误身。"其中，纨绔用以指富贵子弟，儒冠用以代替文人的。其他如曹操的《短歌行》："何以解忧，惟有杜康。"陆游诗："常恐夜深花索莫，锦茵银烛按凉州。""杜康"指酒，"凉州"指凉州的曲子，不用实名，而故意去绕一个圈子。更进一步的，便是所谓"双关"了。例如《读曲歌》中的："石阙生口中，衔碑不得语。""衔碑"和"衔悲"同。又如《子夜忧歌》："春倾桑叶尽，夏开蚕务毕。昼夜理机缚，知欲早成匹。""匹"字由"布匹"的意思而转谐作"匹偶"。

另外一种常用的字法，是将几个实体词排列在一起，使读者有一种浓厚的意感。例如陆游的："明日重寻石头路，醉鞍谁与共联翩"，以"醉"字来形容"鞍"，便有"醉在马上"的意感了。也有常以人类的情感加于无生物的上面，也可以衬出深情厚意来的。例如李商隐的："春蚕到死丝方尽，蜡炬成灰泪始干。""蜡烛有心还惜别，替人流泪到天明。"又如王之涣的："羌笛何须怨杨柳，春风不度玉门关。"杜甫的："寒衣处处催刀尺，白帝城高急暮砧。"这种例子是很多的。

第三种，便是《文心雕龙》上的所谓"夸饰"了。"夸饰"用得适当，可以使读者的兴会浓厚。例如李白的《蜀道难》："噫吁嚱，危乎高哉！蜀道之难，难于上青天！"又如："白发三千丈，缘愁似个长。"杜甫的："锦江春色来天地，玉垒浮云变古今。""吴楚东南坼，乾坤日夜浮。"陶潜的："未言心先醉，不在接杯酒。"《诗经》上的："谁谓河广，曾不容舠？""千禄百福，子孙千亿。"但是这最要在乎适当，否则便成夸大狂了。刘勰说：

然饰穷其要,则心声锋起,夸过其理,则名实两乖。若能酌《诗》、《书》之旷旨,剪杨、马之甚泰,使夸而有节,饰而不诬,亦可谓之懿也。

但是以文法的立场来讨论诗的用字,其中的动词、形容词和虚字常是所炼的字眼。如王维的"渡头余落日,墟里上孤烟"这两句中的动词是"余"和"上"字。如果用"唯"和"有"字,意境便截然不同。又如杜甫的《春望》:"国破山河在,城春草木深。感时花溅泪,恨别鸟惊心。"其中的"在"、"深"、"溅"、"惊"都下过一番斟酌的。形容词除上例"深"字以外,可以分作两种来说,一种是叠字形容,一种是非叠字形容。例如:"无边落木萧萧下,不绝长江滚滚来","无边"与"不绝"不是叠字,而"萧萧"与"滚滚"却是叠字了。又如刘长卿的"水近偏逢寒气早,山深长见日光迟。""近"、"深"是形容词而不是叠字。叠字在诗中往往可以表示具体的意感,如韦应物的"世事茫茫难自料,春愁黯黯独成眠。"王绩的"树树皆秋色,山山唯落晖。"杜甫的"信宿渔人还派派,清秋燕子故飞飞。""穿花恢蝶深深见,点水蜻蜓款款飞",王维的"漠漠水田飞白鹭,阴阴夏木啭黄鹂。"各有各的趣味。也有完全用以表声音的:如杜甫的"车辚辚,马萧萧"便是一个例子。刘勰论叠字说:

第十三章　文字上的修饰与安排

是以诗人感物，联类不穷；流连万象之际，沉吟视听之区。写气图貌，既随物以宛转；属采附声，亦与心而徘徊。故灼灼状桃花之鲜，依依尽杨柳之貌，杲杲为出日之容，瀌瀌拟雨雪之状，喈喈逐黄鸟之声，喓喓学草虫之韵。皎日嘒星，一言穷理；参差沃若，两字穷形，并以少总多，情貌无遗矣。虽复经千载，将何以夺？

虚字通常用在诗句中，有些使人感到不雅驯，但是用得妥当，却很有趣味。陶潜的"结庐在人境，而无车马喧"，这"而"字用得非常自然。又如陈子昂的"五陵尽乔木，昭王安在哉"，"哉"字也比较妥帖。又如王稚登的"使乎吾语汝，白也近何如"，苏轼的"倦客再游行老矣，高僧一笑故依然"，杜甫的"去矣英雄事，荒哉割据心"，都是骈中有散的意味，但是这是不很容易的事。诗中下字最难，非有相当的经验和阅历不能知道如何可以恰如当时情景，例如《野客丛谈》中所载的故事：

陈舍人从易，……偶得杜集旧本，文多脱误，至《送蔡都尉诗》云："身轻一鸟□。"其下脱一字，陈公因与数客各用一字补之，或云"疾"，或云"落"，或云"起"，或云"下"，或云"度"，莫能定。其后得一善本，乃是"身轻一鸟过。"陈公叹服，以为虽一字，诸君亦不能到也。

"过"字比其他的好在什么地方,这只能让读者自己去理会了。此外《寒厅诗话》也论到诗中用字的话:

> 古人有一字之师,昔人谓如光弼临军,旗帜不易,一号令之,而精采百倍。张橘轩诗:"半篱流水夜来雨,一树早梅何处春",元遗山曰:"佳则佳矣,而有未安;既曰'一树',乌得谓'何处'?不如改'一树'为'几点',便觉生动。"又虞道园尝以诗诣赵松雪,有"山连阁道晨留辇,野散周庐夜属橐"之句。赵曰:"美则美矣,若改'山'为'天','野'为'星'则尤美。"又萨天锡诗:"地湿厌闻天竺雨,月明来听景阳钟。"道园见之曰:"诗信佳矣,但有一字不稳。'闻'与'听'字义同。盍改'闻'作'看',唐人'林下老僧来看雨',又有所出矣。"古人论诗,一字不苟如此。

炼字的工夫已经知道了,更进一步再来讨论造句,诗句因为简单的关系,往往有许多必要的部分是省略的。以语气来说大抵五言句上三下二,上二下三;七字句上六下一,上四下三。举杜甫《秦州杂诗》为五言的例子:

未暇泛沧海上二下三,悠悠兵马间上二下三。
塞门风落木上三下二,客舍雨连山上三下二。

阮籍行多兴上二下三,庞公隐不还上二下三。
东柯遂疏懒上二下三,休傻鬓毛斑上二下三。

再以许浑《长庆寺遇常州阮秀才》七言律诗来作例:

高阁晴轩对一峰上四下三,毗陵书客此相逢上四下三。
晚收红叶题诗遍上六下一,秋待黄花酿酒浓上六下一。
山馆日斜喧鸟雀上四下三,石潭波动戏鱼龙上四下三。
上方有路应知处上四下三,疏磬寒蝉树几重上四下三。

大抵五言以上二下三的居多,七言以上四下三的居多。诗句的构造第一是要主意明显,第二是要表达有力,如杜牧的《游乐游源》第一句"清时有味是无能"便不容易解释了,哪怕你是名家,句子不明白是无法讳言的。普通的应酬诗,明白了,但是是敷衍用的,所以没有表达的力量,即作者的感情不曾充分地灌注在这诗句里。如王安石诗"春风过柳绿如彩,晴日蒸红出小桃。""蒸红"有人以为出于韩愈诗《桃源图》中的"种桃处处唯开花,川原远近蒸红霞"的。即使算他是明白,但也是表现不具体的作品。诗句最忌将前人的原作改窜几个字便算是自己的作品。如韦应物的诗:"野渡无人舟自横。"寇准将它分成两句:"野水无人渡,孤舟尽日横。"又如王籍诗:"蝉噪林遍辉,鸟鸣山更幽。"王安石改为:"一鸟不鸣山更幽。"《随园诗话》中又说钟伯敬改唐姚合的"才子何须藉富贵,男儿终竟要称名"为"似子何须论富贵,旁人未免重科名"这一类都是不应该的,因为他的作品的意境并不比原作好。又如"夕阳牛背无人卧,带得寒鸦两两归"与"叶随流水归何处,牛载寒鸦过别村",他们句子虽同,但各有各的风味在。李太白诗:"清风明月不用一钱买。"欧阳修的:"清风明月本无价,可惜只卖四万钱。"也是如此。《苕溪渔隐丛话》:

> 《诗眼》云:古人学问,必有师友渊源,汉杨恽一书,迥出当时流辈,则司马迁外孙故也。自杜审言已自工诗,当时沈佺期、宋之问等,同在儒馆为交游,故老杜律诗布置法度,全学沈佺期,更推广集大成耳。沈云:"雪白山青千万里,几时重谒圣明君。"杜云:"雪白山青万余里,愁看直北是长安。"沈云:"人如天上坐,鱼似镜中悬。"杜云:"春水船如天上坐,老年花似雾中看。"皆不免蹈袭前辈,然前后杰句,亦未优劣。

但是最好是我写我口,不必去抄袭模仿的。也许与前人偶然相同也不能说是抄袭的。《随园诗话》中有一段很有趣的议论:

> 高青丘笑古人作诗,今人描诗。描诗者,像生花之类,所谓优孟衣冠,诗中之乡愿也。譬如学杜而竟如杜,学韩而竟如韩,人何不观其真杜真韩之诗,而肯观伪杜伪韩之诗乎?孔子学周

公,不如王莽之似也;孟子学孔子,不如王通之似也。李义山、香山、牧之、昌黎同学杜者,今其诗集,都是别树一帜。杜所服膺者,庾、鲍两家。而集中亦绝不相似。萧子显曰:"若无新变,不能代雄。"陆放翁曰:"文章切忌参死句",黄山谷曰:"文章切忌随人后",皆金针度人语。《渔隐丛话》笑欧公如三馆画笔,专替古人传神嫌其描也。五停山人嘲鹦鹉云:"齿牙余慧虽偷拾,那知雷同转可羞。"又曰:"争似流莺当百啭,天真还是一家言。"

句子的格式如王无功的《春桂问答》:"问春桂,桃李正芳华,年光随处满,何时独无花?"是先三言一句,而后五言三句的。又如四言的,如《诗经》的:"关关雎鸠,在河之洲,窈窕淑女,君子好逑。"五七言最多见,也不举例,六言诗如王维的:"桃红复含宿雨,柳绿更带朝烟。花落家童未扫,鸟啼山客犹眠。"此外又有五七言合成一诗的,如侯夫人《看梅》。李白亦有三五七言诗:

秋风清,秋月明,落叶聚还散,寒鸦栖复惊。相思相见知何日,此时此地难为情。

其实古风大多是如此的。其中句子不一律,但以五七言为多,再举卢仝《有所思》作例子:

当时我醉美人家,美人颜色娇如花。今日美人弃我去,青楼珠箔天之涯。天涯娟娟姮娥月,三五二八盈又缺。翠眉蝉鬓生别离,一望不见心断绝。心断绝,几千里?梦中醉卧巫山云,觉来泪滴湘江水。湘江两岸花木深,美人不见愁人心。含愁更奏绿绮琴,调高弦绝无知音。美人兮美人,不知为暮雨兮为朝云。相思一夜梅花发,忽到窗前疑似君。

诗句的意境大抵是以婉转为胜,一件事不直爽地说明正意而要用婉转的词意来表示来衬托。例如陆游的《楚城》诗:"江上荒城猿鸟悲,隔江便是屈原祠。一千五百年间事,只有滩声似旧时。"他明明要说今昔事物的变更,偏只说"只有滩声似旧时",可见其余的事物已完全改变了。又如杜牧的《秋夕》:"银烛秋光冷画屏,轻罗小扇扑流萤。天阶夜色凉如水,坐看牵牛织女星。"因为求婉曲,所以有许多使诗句太晦涩了。如张载有诗"泪下沾衣襟",于是杜甫便以"沾巾"来代替流泪了:"为尔一沾巾。"陶渊明的"一欣侍温颜,再喜见友于",将《诗经》上的"友于兄弟"以"友于"来代兄弟了。韩愈诗:"岂不念旦夕,为尔惜居诸",将《诗经》上的"日居月诸"节取了"居诸"来代替日月了。徐夤诗:"鬼神只瞰高明室,倚伏不干栖隐家",将《老子》里的"祸兮福所倚,福兮祸所伏"以"倚伏"来代"祸福"了。凡此种种,虽然已成习惯,其实却不是使句子婉曲的最好办法。

句中字词的排列,不必求异,以明白为第一,如杜甫诗"久拼野鹤如双鬓,遮莫邻鸡下五更",照理应该说是"双鬓如野鹤"的。又如"红豆啄余鹦鹉粒,碧梧栖老凤凰枝",照理应该说"鹦鹉啄余红豆粒,凤凰栖老碧梧枝"。故意为奇,这不是做诗造句中应该有的例子。但是也有颠倒而不损害文意的,如杜甫的"天阙象纬逼,云卧衣裳冷",魏征的"古木鸣寒鸟,空山啼夜猿",柳宗元的"双垂别泪越江边"等等,这完全因为是协韵和平仄的关系。

句子的安排说过了,再来讲章法。所谓章法,是指一题之下有许多首近体,或者指古风的长篇而言的。至于单独一首的结构留在下面再说。《文心雕龙》:

> 夫设情有宅,置言有位。宅情曰章,位言曰句。故章者明也;句者局也。局言联字以分疆,明情者总义以包体。区畛相异,而衢路通矣。夫人之立言,因字而生句,积句而成章,积章而成篇。篇之彪炳,章无疵也,章之明靡,句无玷也;句之清英,字不妄也。振本而末从,知一而万毕矣。夫裁文匠笔,篇有大小,离章合句,调有缓急,随变适会,莫见定准。句司数字,待相接以为用,章总一义,须意穷而成体。……章句在篇,如茧之抽绪,原始要终,体必鳞次……是以搜句忌于颠倒,裁章贵于顺序。

所以普通诗中的章法,完全以时间或动作的先后来定次序的。例如李白的《清平调》三章：

  云想衣裳花想容，春风拂槛露华浓。
  若非群玉山头见，会向瑶台月下逢。

  一枝红艳露凝香，云雨巫山枉断肠。
  惜问汉官谁得似，可怜飞燕倚新妆。

  名花倾国两相欢，长得君王带笑看。
  解释春风无限恨，沉香亭背倚栏杆。

第一章是写贵妃的美，所以开头用隐约意象的话来解释她的美貌。第二句是说她的丰神。第三四句更增高她的身价，完全用空虚想象的话来写，因为实写不容易讨好。第二章由春风拂槛露华浓而先说花，末了再以飞燕来比花。第三章将名花美人合说而加以唐明王，再以说花说人的双关法回应到第一章第二句的"拂槛"。其中有章法，也有联络。其他如杜甫的《春日江村》、《秋兴》、《陪诸公子丈八沟携妓纳凉》、《晚际遇雨》、《秋野》、《秦州杂诗》等等都是如此，此不再举例了。

  但是其中也有特别的章法的，如陶潜的《止酒诗》，他每一句中有一个"止"字的：

第十三章　文字上的修饰与安排 · 191

居止次城邑,逍遥自闲止。坐止高荫下,步止荜门里。
好味止园葵,大欢止稚子。平生不止酒,止酒情无喜。
暮止不安寝,晨止不能起。日日欲止之,营卫止不理。
徒知止不乐,未信止利已。始觉止为善,今朝真止矣。
从此一止去,将止扶桑涘。清颜止宿容,奚止千万祀。

但是这是不自然的。也有每章开首一句是相同的,如《黄鹄曲》:

黄鹄参天飞,半道郁徘徊。腹中车轮转,君知思忆谁?
黄鹄参天飞,半道还哀鸣。三年失群侣,生离伤人情。
黄鹄参天飞,凝翮争风回。高翔入玄阙,时复乘云颓。
黄鹄参天飞,半道还后渚。欲飞复不飞,悲鸣觅群侣。

又如曹植的《赠白马王彪》,每章的首两字就是上一章的末尾的两个字:

谒帝承明庐,逝将归旧疆。清晨发皇邑,日夕过首阳。伊洛广且深,欲济川无梁。泛舟越洪涛,怨彼东路长。顾瞻恋城阙,引领情内伤。

太谷何寥廓,山树郁苍苍。霖雨泥我涂,流潦浩纵横。中逵绝无轨,改辙登高冈。修坂造云日,我马玄以黄。

　　玄黄犹能进,我思郁以纡。郁纡将何念?亲爱在离居。本图相与偕,中更不克俱。鸱枭鸣衡轭,豺狼当路衢。苍蝇间黑白,谗巧令亲疏。欲还绝无蹊,揽辔止踟蹰。

　　踟蹰亦何留?相思无终极。秋风发微凉,寒蝉鸣我侧。原野何萧条,白日忽西匿。归鸟赴乔林,翩翩厉羽翼。孤兽走索群,衔草不遑食。感物伤我怀,抚心常太息。

这诗一共有六首,皆同此例,这不过是作者偶一兴会所至而作,也不是一定的格式,普通章法,还是照事实或理论来作顺次叙述的。诗的文字上的技巧,全在乎自己体会,这不过是大概的一点要点而已。

第十四章
从诗的用韵说到诗韵

诗歌的协韵是自然的现象，或者隔句一韵，或者每句一韵，它的目的是便于诵读，便于记忆的。所以古代《诗经》中的诗句，大抵四言，也以因为如此容易协韵、容易记诵的缘故。不单诗是如此，文章也是这样。阮元的《文言说》中解释道：

> 古人以简策传事者少，以口舌传事者多。以目治事者少，以耳治事者多。故同为一言，转相告语，必有愆误。是必寡其词，协其音，以文其言，使人易于记诵，无能增改。……

一切诗歌的用韵，都是跟着这原理而得来的。儿歌中的"风来啦，雨来啦，老和尚背了鼓来啦。"为什么不说"雷来啦"呢。一方面为求句子的变化，而更大的原因也是为了"雨"、"鼓"两字声近的和协。《诗经》里这种例子也很多，如《伐檀》的三折，"坎坎伐檀兮，置之何之干兮","坎坎伐辐兮,置之河之侧兮","坎坎伐轮兮,置之河之漘兮"。其中"檀"、"辐"、"轮"和"干"、"侧"、"漘"在意义上并没有什么大区别,可以不必改换,但是求和下文"貆"、"飧"及"特"、"食"和"鹑"、"飱"的协和起见,便不得不用这三个字来配合它。和上面儿歌中的变化的原则,并没有什么两样。

所以用韵和当时的口语很有关系,大抵当时歌唱的诗歌,一定用当时的口语来作标准,来定韵脚的。我们读到古诗和唐宋人的诗,往往觉得有几句并不相协,这是古今口音不同的缘故。如白居易的《问刘十九》:

绿蚁新醅酒,红泥小火炉。晚来天欲雪,能饮一杯无?

其中的"炉"字与"无"字,现代读起来,似乎有些不协。但"无"字,古音用重唇音读如"莫",便与"炉"字同韵了。至于同韵的字,他们的关系就是"叠韵",即每个字与其他同韵字的韵母是相同的。因为韵母同读来便和谐了。古诗用韵较广,留在后面再讨论,近体诗用韵都依现代通行的诗韵,大抵绝句第一二两句相对的,第一句可以不用韵,第三句均可以不必用韵;其他都每句的末一字,一定是叠韵字。随便举二个例:

白日依山尽,黄河入海流。欲穷千里目,更上一层楼。(第一二两句相对,故第一句不用韵,"流"和"楼"都是"尤"韵)。

江水漾西风,江花脱晚红。离情被横笛,飞过乱山东。("风"、"红"、"东"都是"东"韵)

断角斜阳触处愁,亭前搔首日悠悠。世间最是蝉堪恨,送尽行人更送秋!("愁"、"悠"、"秋"都是"尤"韵)

未成小隐聊中隐,可得长闲胜暂闲。我本无家更安住,故乡无此好湖山。(第一二两句相对,所以"隐"字不协。"闲"、"山"同韵,是"删"韵)

律诗也是如此,第一句可以协,也可以不协。其余也是隔句一协平声也好,仄声也好。例如:

青山横北郭,白水绕东城。此地一为别,孤蓬万里征。浮云游子意,落日故人情。挥手自兹去,萧萧斑马鸣。("城"、"征"、"情"、"鸣"都是"庚"韵。)

风急天高猿啸哀,渚清沙白鸟飞回。无边落木萧萧下,不尽长江滚滚来。万里悲秋常作客,百年多病独登台。艰难苦恨繁霜鬓,潦倒新停浊酒杯。("哀"、"回"、"来"、"台"、"杯"都是"灰"韵)

至于古诗的押韵,通常也是每两句一协。不过全首之中可以换韵,

它的韵,比现存的诗韵范围更广大。例如岑参的诗:

> 君不见走马川行雪海边,平沙莽莽黄入天。轮台九月风夜吼,一川碎石大如斗,随风满地石乱走。匈奴草黄马正肥,金山西见烟尘飞,汉家大将西出师。将军金甲夜不脱,半夜军行戈相拨,风头如刀面如割。马毛带雪汗气蒸,五花连钱旋作冰,幕中草檄砚水凝。虏骑闻之应胆慑,料知短兵不敢接,车师西门伫献捷。

第一、二两句一种韵。第三、四、五句又是另一韵了。第六、七两句又是换了一韵。下面又由平韵换了仄韵再换平韵,终了再换成了仄韵。同是平韵之中,声调也不是一样的。这种变化,叫做换韵。这是各个时代口语不同而分韵也因之各异的证据。

但是现在有许多字,因字义的不同,而分隶于好几种韵目的。从前人很注意这种工夫。例如"恶"字,作"善恶"之恶,读作"垩",是属于入声"药"韵;作讨厌的意思,读作"坞",属于去声"遇"韵;作"何"字解释读如"何",属于平声"虞"韵。又如"重"字,作"重复"的"重"属于"冬"韵;作"轻重"的"重",属于上声"肿"韵;作"珍重"之"重",属于去声"宋"韵。又如"单"字,作"单复"的"单"属平声"寒"韵;作"单于"的"单"属平声"先"韵;作姓"单"的"单"属上声"铣"韵。又如"行"字,作"山名"解,属"阳"韵;作"五行",属"唐"韵;作"排行",属"漾"韵;作"德行",属"敬"韵。所以韵的分别,也与字义有关系,像这一类的字正多着呢。

做诗用韵上的错误,有"凑韵"和"险韵"。"凑韵"是这一句末了一个字,作者为了要协韵,硬用上去,而与文义不符的。如现代的绍兴戏里,往往有一句"××××到来临。"这"临"字便"凑韵"了。"险韵"是一韵之中用不常见到的字来押韵的,如"东"韵里的"蝩""骁","冬"韵里的"褣"、"舯"等字,韩愈做诗喜欢用这种韵脚,其实是不应该的。又因为韵的关系,有了"步韵"的把戏。"步韵"又称"和韵",是照别人的诗的韵脚字来做诗。例如他的第一句末一字是"天"字,那么你也得用"天"字。这样方可显出他的本领,其实古代酬答之诗,并非一定和韵,这是唐以后的花样。陆游说:

> 古时有唱和,有杂拟追和之类而"和韵"者,唐始有用韵,谓同用此韵;后有依韵,然不以次,后有"次韵",自元白至皮陆其体乃全。

此外,大凡同一字,不能在同一首诗的韵脚中出现,古代这律令也是非常严格的。不但用韵如此,近体诗每一首中,也不许有同一字出现,除非是故意用的,其实这也是一种桎梏。

诗的用韵,古代的习惯是如此,我们再说"诗韵"吧!

先说现代诗韵的内容：它依字母的同韵之字分为"上平"、"下平"、"上"、"去"、"入"五类。五类之中又各分作若干项目而以其中的一个字作标题。例如"东"韵里面都是和"东"字同韵的字，而以"东"字为标目。现在将它的目次，列表于后：

A. 上平声凡十五部

1. 东　2. 冬　3. 江　4. 支　5. 微　6. 鱼　7. 虞　8. 齐
9. 佳　10. 灰　11. 真　12. 文　13. 元　14. 寒　15. 删

B. 下平声凡十五部

1. 先　2. 萧　3. 肴　4. 豪　5. 歌　6. 麻　7. 阳　8. 庚
9. 青　10. 蒸　11. 尤　12. 侵　13. 覃　14. 盐　15. 咸

C. 上声凡二十九部

1. 董　2. 肿　3. 讲　4. 纸　5. 尾　6. 语　7. 麌　8. 荠
9. 蟹　10. 贿　11. 轸　12. 吻　13. 阮　14. 旱　15. 潸　16. 铣
17. 筱　18. 巧　19. 皓　20. 哿　21. 马　22. 养　23. 梗　24. 迥
25. 有　26. 寝　27. 感　28. 俭　29. 豏

D. 去声凡三十部

1. 送　2. 宋　3. 绛　4. 寘　5. 未　6. 御　7. 遇　8. 霁
9. 泰　10. 卦　11. 队　12. 震　13. 问　14. 愿　15. 翰　16. 谏
17. 霰　18. 啸　19. 效　20. 号　21. 箇　22. 祃　23. 漾　24. 敬
25. 径　26. 宥　27. 沁　28. 勘　29. 艳　30. 陷

E. 入声凡十七部

1.屋　2.沃　3.觉　4.质　5.物　6.月　7.曷　8.黠　9.屑
10.药　11.陌　12.锡　13.职　14.缉　15.合　16.叶　17.洽

——共一〇六部——

每一类之中的字类多少不定,如"先"、"东"、"阳"等字很多,而"咸"、"盐"、"洽"等韵字很少。但是诗韵的分类什么标准呢,我们不得不先研究它的来源了。

古代用韵,单取口语的近似,而没有一定的韵书。到三国时李登有《声类》,但现代已不能见到。齐梁之际,声韵之说大盛,于是沈约有《四声谱》,见于《梁书》。但此书现在也已亡佚了。隋朝陆法言与刘臻、颜之推、魏渊、卢思道、李若、萧该、辛德源、薛道衡八人取古代与当时的韵书,依反切的声音来分音收声来分韵,做了一部《切韵》。其中平声五十七韵,去声六十韵,入声三十四韵,共二百六韵。唐代长孙讷等又为之作注,并加以增补。至天宝时孙愐重加编纂,叫作《唐韵》。《切韵》、《唐韵》均已亡,法国人伯希和在敦煌石室里发现了残本《切韵》三种,已亡佚了四分之一。《唐韵》现代也只存四十几页了。宋代祥符间复勅修《唐韵》,令陈彭年等更广事搜罗名为《大宋重修广韵》,分类仍照《切韵》之式,但增加了一万四千多字。即今所称的《广韵》。此外宋平水人刘渊有《平水韵》,元朝阴时夫加以删并定为一百六部。但这一说颇有异议。钱大昕《十驾斋新录》中说:

古韵分二百六部，唐宋相承，虽先后次第及同用独同之注，小有异同，而部分无改。元初黄公绍《古今韵会》始并为一百七韵。盖循用《平水韵》次第，后人因以并韵之咎归之刘渊。《黄氏韵会》称毛氏晃增修《礼部韵略》互有增字，而每韵所增之字，于毛云《毛氏韵》，于刘云《平水韵》，则渊不过刊是书者，非著书之人矣。予尝于黄孝廉丞烈斋，见椠本《平水韵略》，卷首有河间许古序，乃知为王文郁所撰，后题正大六年巳丑，则金人，非宋人也。意渊窃见文郁书，刊之江北而去其序，故公绍以为刘氏书也。王氏《平水韵》并上下平声各为十五，上声廿九，去声三十，入声十七皆与今韵同，论者又谓《平水韵》并四声为一百七韵，阴时夫又并上声"拯"韵入"迥"韵，今考文郁上声"拯"等已并于"迥"韵，则亦不始于时夫矣。

所谓《礼部韵略》，乃宋代丁度所编，用于作考试之程式，所以称作"礼部"。在明代又有《洪武正韵》一书，系明洪武间勅命乐韶凤等编修。根据中原之韵，并平上去三声各为二十二部，入声为十部，凡十五卷，他并韵的标准，大概是本于《平水韵》的。清代又勅修《佩文诗韵》，也本于《平水韵》，而以《洪武正韵》作参考，就是现今通行的《诗韵》。

清代科举有"试帖诗"一个项目，所以《佩文诗韵》也是为考试而设的。其中附录了《诗韵珠玑》、《诗韵异同》、《历代赋汇录》等十二种,也是使学诗的人可以在这里面寻章摘句的,所以这书已变成了一种工具书、一种肤浅的类书,也是读书人用作做诗赋的敲门砖。但是它的影响却很大,许多其他的类书,分目全是以诗韵作标准,《佩文韵府》便是其中最著名的一部。

可是诗韵的编纂,既全依《平水韵》,那么每字的音读并不是完全依据今音的。前面说过,诗的有韵,是自然的现象,而且,它的"韵"完全要以当时的口语为准则的,那么专事仿古,忽略今音的诗韵,是应该摒弃的。而且诗韵只是一种归纳的学问。和文法和修辞一样,和字的"六书"一样,并非先有了这一个范式,才产生韵脚,乃是先有了自然的韵脚,后人依前人的用韵,归纳出一个大概法则来的。因此一个时代有一个时代的标准语言,便须有一种标准的诗韵了。所以现代人做诗,还拘拘于清代编纂的古典式的诗韵,这是不合理的现象。试就诗韵的分部来研究,其中有许多地方不大妥当。例如上平声的"东"和二"冬"并没有分作两部的必要;四"支"和五"微";下平声的"萧"、"肴"、"豪";"青"和"蒸";"文"、"真"也可以并为一类。最没理由的是"支"韵中包含了"谁"字和"辞"字;"元"韵里包含了"原"字和"门"字;"寒"韵里包含了"丹"字和"安"字;"阳"韵里包含了"乡"字和"黄"字;"南"字在"覃"韵,而同声的"覃"、"咸"、"盐"却分成了三部。其他上声、去声和入声差不多都如此。词韵将诗韵删并一下,使音同的都可以通用。足见宋人也已感到古韵押韵的不方便了。何以在几千年后的现代,还不曾努力加以改造，仍旧在旧方法里兜圈子呢？

最近赵元任有《国语新诗韵》的创制，这不能不说是近代韵学上的曙光。但是后来却没有人去努力，不会将原本诗韵里的不常用的字删去，新增的字加入进去。最好更能辨出每个字意义不同而影响与字音的各种变化，附列在新诗韵里（按现在已有《中华新韵》可用了）。

诗韵的制作，与其说是容易的事，不如说是不必要的事，与其沿用不合式的诗韵来做诗，不如没有诗韵，依口头的协韵来做诗歌。但是所困难的只是各地的方言非常复杂，南方人的同韵字，在北方未必和谐，北方人的同韵字，在南方人读来也许是极端没关系的。要求它统一而能行远，那只有以国语来做用韵的标准了。

同时，"次韵"、"和韵"的风气，到现代还盛行着，不但单和一次原韵，也有再和原韵，也有再三和原韵的。做诗用旧格律已经觉得拘束了，何况再限定韵脚呢，所以和诗的结果，一定是词不达意，甚至于笑话百出，"凑韵"而至于"硬用韵"，一些诗意也没有了。如果要显示他旧诗的才能的话，我的意思不必孜孜于这种把戏，还是加深你诗中的风趣和显示你的意境吧。将自然的韵，一变而为泥定的韵式，再变而为和韵，连句末的字都不能自由了，这是韵的流弊，这也是文人喜欢卖弄的毛病，但依现代的目光看来，韵脚可以保留，泥定韵部与和韵的拘束，毫无疑义地应该摧毁它，摒弃它。

第十五章
诗的音乐性和诗的声律

诗既然是从歌谣蜕化而来的,那么它一定与音乐有密切的关系。《诗经》中的"颂"是舞乐,可见诗在周朝还和音乐不能脱离。释道骞能歌《楚辞》,足见《楚辞》也是合乐的。乐府更不用说,完全是合乐的歌辞,但是六朝时乐府的歌唱已失,唐代便以诗来代替,例如李白的《清平调》三章便是可以歌唱的东西。王维《送元二使安西诗》:"渭城朝雨浥轻尘,客舍青青柳色新。劝君更尽一杯酒,西出阳关无故人。"这一首诗,便是可以歌唱的。苏轼曾有《论三叠歌法》:

> 旧传《阳关三叠》,然今世歌者,每句再叠而已。若通一首之,又是四叠,皆非是;或每句三唱以应三叠之说,则业然无复节奏,今在密州,文勋长官以事至密,自云得古本《阳关》,每句皆唱,而第一句不叠,乃知古本三叠盖如此。乐天《对酒诗》云:

"相逢且莫推辞醉,听唱《阳关》第四声。"注云:"第四声劝君更尽一杯酒。"以此验之,若一句再叠,则此句为第五声,今为第四声,则第一句不叠审矣。

不特如此,《集异记》里也载着一个有趣的故事:

> 唐王昌龄、高适、王之涣同饮旗亭,有伶官并妓数辈续至,昌龄等私约,视诸伶所讴若为己诗者,各画壁记之。俄而高适得一,昌龄得二,独遗之涣。之涣指诸妓中最佳者一人曰:"如所唱非我诗,即不敢与诸君争衡。"此妓果唱"黄河远上白云间",正之涣得意之作也。因大谐笑。

足见妓女们以当时名诗合乐歌唱,是非常普遍的现象了。白居易、元稹的诗虽不合乐,也以"新乐府"为名,唐代的诗还是承接了乐府的遗风,而所以流传于民间,合乐当然是一个很大的原因。王灼的《碧鸡漫志》中说:"古人因所感发为歌,而声律从之,唐虞以来是也。……西汉时今之所谓《古乐府》者渐兴,晋魏为盛……唐中叶虽有《古乐府》而播在声律则少矣。士大夫作者不过以诗之一体自名耳。"《乐记》里的话,实在可以做诗合乐的一个总证:

> 诗,言其志也;歌,咏其声也;舞,动其容也,三者本于心,然

后乐器从之,故有心则有诗,有诗则有歌,有歌则有声律,有声律则有乐歌,永言即诗也,非于诗外求歌也。

后来的诗歌却因古典化而与音乐脱离关系。但是当初因合于乐律的节奏却没有丧失。它的韵脚(Metre)和旋律(Rhythm)仍可以在诗里找到的。诗的音步,犹乐曲的拍子,人们因为自然的爱好,而不曾忘怀了它。《碧鸡漫志》中说:"乐之有拍,非唐虞始,实自然之度数也。嘉祐间,汴都三岁小儿在母怀吮乳,闻曲则撚手指作拍,应之不差。"也有相当的根据。

诗的音乐方面的要素,不外乎韵脚、旋律和声调。韵脚是每一句尾声的谐和;旋律是一句或一节中声音的徐疾的标准;声调是指一音或一个音节的高下。

先说"韵脚",它在原始的歌谣里已有了这因素。为了句语便于记诵,所以韵脚最早发生。毛先舒在《韵学通论》中说:"三代以上人书,往往涉笔成韵,亦不必诗歌,经子皆然。"汉特(Hurd)在"Idea of Universal Poetry"里也说:"韵是自然的指示。"黛纳儿(Daniel)在"Defence of Rhyme"中说:"韵是习惯和自然都竭力保护的东西。"可见不单是便于记忆,一方面也是美的自然的现象。随便拿几只歌谣来作例子:"千里草,何青青,十日卜,不得生。"(见《汉书·五行志》)"一家女儿做新郎,十家女儿看镜光。街头铜鼓声声打,打着中心只说郎。"(见黄遵宪《山歌》)再以合乐的弹词大鼓来说:"自古有情定遂心愿,只要坚心宁耐等成双。山水无情能聚会,多情晤信肯相忘。"(见广东木鱼书《花笺记》)"伤心千古断肠文,最是明妃出雁门。南国佳人飘雉尾,北番戎服嫁昭君。"(见罗松窗大鼓《出塞》)这里全是以每句或隔一句用同韵的字来收尾的。为什么这种韵脚在民间如此流行呢?这一方面当然为了便于歌唱,一方面也因为如此而觉得谐和的缘故。因此便在诗中产生了所谓"韵脚"。例如:

银烛秋光冷画屏,轻罗小扇扑流萤。
天阶夜色凉如水,坐看牵牛织女星。

其中的"屏"、"萤"、"星"和前面几个协韵有什么两样?平声的韵脚如此,仄声也何尝不是如此,如此四句全用韵似乎太板滞些,所以第三句不用韵便成了定式。又有人因为一二两句同韵也太重复,便第一句有了仄结的式子。较长的诗篇想得到韵脚中谐和的美也有了转韵的方法,所以篇幅愈长,转韵也愈多,而且大抵是平仄互相调换的。这也是在一律中求错综的美之故。例如韩愈《赠唐衢》诗:

虎有爪牙牛有角,虎可搏兮牛可触。
奈何君独抱奇才,手把锄犁饿空谷。
当今天子急贤良,匦函朝出开明光。
胡不上书自荐达,坐令四海如虞唐。

前面四句用入声"屋"、"沃"、"觉"韵,下四句用"阳"、"唐"韵,做了一个极端的对照,读起来便更觉有味了。但是单有韵脚一个条件便可以称诗吗?如"一颗星,夕乙——力ㄣ——力ㄣ;两粒星,挂油瓶,油瓶漏,炒黑豆。"别人看了一定摇摇头,说不是诗。那么我们得再去研讨旋律与声调。

旋律,是一句中拍子的比例。音乐中有了拍子,用文字来配合,一个字一拍又嫌太呆板;所以只有长短音来作拍子的标准,如"平声"是四拍,那么"上"声是三拍,"去"声二拍,"入"声一拍了。也许"平声"和"上声"的比例还要远些。简单地说来,"平声"是长拍子,"仄声"是短拍子。平仄两声便做了拍子长短的标准。当初的诗只有韵脚而不大顾到旋律的。如一对有名的对子:"屋北鹿独宿"全是仄声,"溪西鸡齐啼"全是平声,因为平声仄声的拍子是一样的,没有乐谱,不容易分辨出来,又因为读起来觉得大呆板,于是便有交替的组织法。如《薤露》的古曲:"薤上露,何易晞?露晞明朝更复落,人死一去何时归?"第一句完全是仄声;第二句完全是平声,第三、四两句也是互相对照的。上句用平声的地方,下句用仄声;上句用仄声的地方,下句用平声。那么唱起来的音调便有了错综的美了。近体诗将诗的旋律规定了几个调子——律诗与绝句,七言与五言——虽然做诗者容易适从,但它的旋律似乎太板滞了。例如:

> 玉露凋伤枫树林,巫山巫峡气萧森。
> 江间波浪兼天涌,塞上风云接地阴。
> 丛菊两开他日泪,孤舟一系故园心。
> 寒衣处处催刀尺,白帝城高急暮砧。

第一和二、三和四、五和六、七和八句都是相反,第二和三、四和五、六和七,上半句同而下半不同。也许有人以为这样是调和,其实反不如《薤露》音节的美。诗的所以流变为词这也是一个理由,如词便有古词的旋律之美了。如《更漏子》:

> 柳细长,春雨丝,花外漏声迢递;惊塞雁,起城乌,画屏金鹧鸪。

其旋律之悦耳远超出诗的旋律以上。中国向来喜欢整齐的美、匀称的美,所以诗的旋律被如此决定了。严格地说,音乐的旋律是否应该在词语上规定,而又是平仄对照的规定,正是值得研究的一个问题。新诗和外国诗的旋律求其变化,不在句子上有拍子的规定,是一种解放。例如俞平伯的《到家了》:

> 买硬面饽饽的,
> 在深夜光底下,
> 这样慢慢地吆喝着,

我一听到,知道"到家了"。

便有一种不调和的旋律的美。当然这完全是受译诗的影响的。但是新诗的初期的旋律,也有仍旧抄袭旧诗的音节的。新诗现在尚未成熟,将来大约是倾向于复杂的一方面的。但是单有韵脚和旋律的文字,便可以算诗吗?如"赵钱孙李,周吴郑王,冯陈褚卫,蒋沈韩杨"也是有韵、有旋律的。我们再摇摇头说不是诗。

再来讲声调吧。声调是指一声的高低和徐疾的。长音,往往不是高音,而高音大低在促音里。不但是如此,文句中着重而有力的字句须用促音来表现,悲怨的字句则用长音来表现。所以声调的高低和官能的刺激也很有关系。如果是一种噪音,那么听者便会烦乱起来的。要使声调调和,第一个普通的现象,就是长音促音平均分配。于是在一句诗句中平仄声是相间的。如五言的"白日依山尽",先是促音,后是长音;"黄河入海流",中间是促音,两边是长音了;"更上一层楼",又下面是长音,上面是促音了。又如七言的"少小离家老大回",便是长音和促音相间的例。第二种常见的是"反复"(Repetition),如《阳关三叠》的将第三句重唱几遍,便是"反复"的证据,中国诗中,在文字上也是有反复的,如《诗经》中的:

参差荇菜,左右流之。窈窕淑女,寤寐求之。
求之不得,寤寐思服。悠哉悠哉,辗转反侧。

> 参差荇菜,左右采之。窈窕淑女,琴瑟友之。
> 参差荇菜,左右芼之。窈窕淑女,钟鼓乐之。

这种反复的例子是很多的。每一首的开端,中间末尾,都有反复的句子。梁武帝的《采莲曲》在下半首也是重叠的:

> 江南可采莲,莲叶何田田,鱼戏莲叶间。鱼戏莲叶东,鱼戏莲叶南,鱼戏莲叶西,鱼戏莲叶北。

山歌中也有这种例子,如"第一香橼第二莲,第三槟榔个个圆,第四芙蓉五桂子,送郎都要得郎怜。"也有用几个字在诗句中反复的。如岑参《韦员外家花树歌》:

> 今年花似去年好,去年人到今年老。
> 始知人老不如花,可惜落花君莫扫。
> 君家兄弟不可当,列卿御史尚书郎。
> 朝回花底恒会客,花扑玉缸春酒香。

前半篇完全是以"今年"、"去年"、"花"来反复的,声调上也有一种动人之处。

诗和音乐上既然有这样密切的关系,我们可以知道诗和音乐是绝难分立的,诗之所以和散文对立,完全是由乎它音乐性的缘故。所以后来诗中常常用双声叠韵来增加它音乐上的美质。

双声叠韵起于沈约。他在《宋书·谢灵运传论》中说:"夫王色相宜,八音协畅,由乎元黄律吕,各适物宜。欲使宫羽相变,低昂互节,若前有浮声,则后须切响,一简之内,音韵顿殊,两句之中,轻重悉异,妙达斯旨,始可言文。"周春解释道:

> 宫羽相变者,指母而言,即变声也。低昂互节者,指韵而言,即四声也。若前有浮声者,谓前有双声叠韵也。则后须切响者,谓下句必再有双叠声韵以配之也。一简之内,音韵尽殊者,谓双声叠韵对偶变换也。两句之中轻重悉异者,谓平上去入四声调谐也。

而《文心雕龙》上也有论双声叠韵的话:

> 凡声有飞沉,响有双叠;双声隔字而每舛,叠韵杂句而必睽。沉则响发而断,飞则声飏不远。并辘轳交往,逆鳞相比,迕其际会,则往蹇来连,其为疾病,亦文家之吃也。夫吃文为患,生于好诡,遂新趋异,故喉唇乱纷。将欲解结,务在刚断,左碍而寻右,末滞而讨前,则声转于吻,玲玲如振玉,辞靡于耳,累累如贯珠矣。是以声画妍媸,寄在吟咏,吟咏滋味,流于字句;字

句气力,穷于和韵。异音相从谓之和,同声相应谓之韵。韵气一定,故余声易遣;和体抑杨,故遗响难契。属笔易巧,选和至难;缀文难精,而作韵甚易,虽织意曲变,非可缕言;然振其大纲,不出兹论。

所谓双声,即是两字同声的,如丁东,"丁"字的声和"东"字的声是同的;所谓叠韵,即是两字同韵的,如徘徊。"徘"字的韵,于"徊"字的韵是同的。南北朝的时候,双声叠韵非常通行,《南史·谢庄传》:"王元谟问:何者为双声,何者为叠韵?答曰:悬瓠为双声,磝碻为叠韵。"同时,也有人用以为谈助的:

> 子戎语好为双声,江夏、王义恭尝设斋,使戎布床。须臾王出,以床狭,乃自开床。戎曰:"官家恨狭,更广八尺。"王笑曰:"卿岂唯双声,乃辩士也。"文帝好与元保棋,尝中使至。元保曰:"今日上何召我耶?"戎曰:"金港清讥,铜池摇飏,阮佳光景,当得剧棋。"
>
> (《南史·羊元保传》)

> 冠军将军郭文远,堂宇园林,匹于邦君。时陇西李元谦乐双声语,常经文远宅前过,见其门阀华美,乃曰:"是谁第宅?"遇佳婢春风出曰:"郭冠军家。"元谦曰:"此婢双声。"春风曰:"狞

奴慢骂。"元谦服婢之能,于是京邑翕然传之。

(《洛阳伽蓝记》)

诗中的双声叠韵很多,《诚斋诗话》中曾举例道:"或问何谓双声叠韵?曰:行穿诘曲崎岖路,又听钩辀格磔声。上句双声,下句叠韵也。"其中"诘"和"曲"、"崎"和"岖"是双声的关系,"钩"与"辀"、"格"与"磔"是叠韵的关系。《吟窗杂录》中也说:"留连千里宾,独待一年春,此头双声句也;我出崎岖岭,君行蹈磝山,此腹双声句也;野外风萧索,云里日朦胧,此尾双声句也。"诗话中的"后牖有朽柳"、"梁皇长康强"、"偏眼船舷边"、"残六斛鹿肉"、"膜苏姑枯庐"也都是双声的关系。又如皮日休的双声诗"疏于低通滩",陆龟蒙的叠韵诗"肤榆吴都姝"等,非常之多。葛胜仲《丹阳集》中载:

皮日休杂体诗序曰:《诗》云蟏蛸在东,又曰鸳鸯在梁,双声起于此也。陆龟蒙诗序曰叠韵起自梁武帝,帝云"后片有朽柳",当时侍从之臣皆属和,刘孝倬云:"梁皇长康强",沈休文云:"载戴每碍磑",自后用此体,作为小诗者多矣。如王融所谓:"园蘅炫红药,湖荇毕黄华";温庭筠所谓:"栖息销心象,檐楹溢艳阳。"皆仿双声而为之者也。陆龟蒙所谓:"琼英轻明生,竹石滴沥碧";皮日休所谓:"康庄伤荒凉,主去部任苦";皆效叠韵而为之者也。南北朝人士,多喜作双声叠韵,如谢庄、羊戎、魏收、崔严之辈,戏谑诙谐之语,往往载在史册,可得而考焉。

整首的双声诗,如庾信、温庭筠、皮日休、陆龟蒙等所作甚多,叠韵诗比较地少些,无论律诗绝句都有的。各举一首作例:

栖息消心象,檐楹溢艳阳。帘拢兰路落,邻里柳阴凉。
高阁过空谷,孤竿隔古冈。潭庐同澹荡,仿佛复芬芳。

(温庭筠《望僧舍宝刹因作双声》)

琼英轻明生,石脉滴沥碧,
玄铅仙偏怜,白帻客亦惜。

(陆龟蒙《叠韵山中吟》)

他们为求音节上的奇兀,而忘却了文字的通顺。这是不好的现象。诗一方的灵魂是音乐,另一方面却是灵感与文字,有其一而舍其二,实在不是妥当的办法。所以明代杨廉夫做诗,往往与格律不合,成为拗体。后人称作"铁崖体"。这也是诗的音乐性上的突变。

所以诗的声律完全是音乐所赋予的,它的一切韵脚、旋律和声调完全是为了合乐的关系,和现在的歌词一样。后来,它和音乐分了家,歌唱的法则也被忘掉了,于是士大夫阶级只能依声填入,不敢变易,如果它始终和音乐合趋的话,我相信一定尚有更多的进步的。

虽然词曲是它的改良品,但是词曲也可以说是新兴的合乐的文艺,诗的音乐性后来已渐渐地失却了,而永远变成陈列在博物院的一种古董。现在对于旧诗也许仍有很爱好的人,我相信不久会有一种更好的乐词来替代它。

但是诗的价值完全是在于它的音乐性吗?单有了旋律、韵脚与声调的文字,是否便可以称它做诗?让我来举几个例。

> I put my hat upon my head,
>   And walk'd into the Strand;
> And there I met another man,
>   Whose hat was is his hand.

这三者的要素是完全齐备的。又如:

> 吾乃张翼德,云游此坛降。求祷不诚心,罚油十四两。

也是具备了上列三种音乐性的。但是却不能称它做诗,那么可见诗非在文字方面有推敲不可。郎瑛《七修类稿》中载着一个故事说:

> 虞子匡一日递一诗示余曰:"请商之,何如?"余三诵而不知何题。虞曰:"吾效时人换字之法,戏改岳武穆送张紫崖北伐诗

也。"其诗曰:"誓律飙雷速,神威震坎隅。退征逾赵地,力战越秦墟。骥踩匈奴顶,戈歼鞑靼躯。旋归谢彤阙,再造故湟都。"岳云:"号令风霆迅,天声动北隅。长驱渡河洛,直捣向燕幽。马喋匈奴血,旗枭克汗头。归来报明主,恢复旧神州。"不过逐字摸之,遂抚掌大笑。

同是一种文字,又有优劣可分。足见单是文字也不足以表示它是诗的,这已牵涉了文字上的问题,留待下章再来详说了。

第十六章
对偶与诗句的变化

诗中的律诗,除首末两句外,都是对偶的。首末两句有时也有对偶,但以不对者居多。对偶是怎样起来的,它在诗句中有什么美处呢?中国的文字是"孤立语"(Isolating Language),所以对偶也是中国文字上的特色。阮元的《文言说》便主张以文字来作对偶,而纪昀以为天地间万物,无不可对者。原来对偶在当初也只是自然的趋势。不过后来更求它工整贴切罢了。

《书经》上的"满招损,谦受益",《诗经》上的"听我谆谆,诲尔藐藐","出自幽谷,迁于乔木","伐木丁丁,鸟鸣嘤嘤"。以至于俗谚中的"有情皮肉,无情板子","鱼游在水里,人住在灰里","养儿防老,积谷防饥",无往而不是对偶。《文心雕龙·丽辞篇》中说:

造化赋形,支体必双,神理为用,事不孤立。夫心生文辞,

> 运裁百虑,高下相须,自然成对。唐虞之世,辞未极文,而皋陶赞云:"罪疑惟轻,功疑惟重",益陈谟云:"满招损,谦受益",岂营丽辞,率然对尔!《易》之《文系》,圣人之妙思也。序《乾》四德,则句句相衔;龙虎类感,则字字相俪。乾坤易简,则宛转相承,日月往来,则隔行悬合;虽句字或殊,而偶意一也。至于诗人偶章,大夫联辞,奇偶适变,不劳经营。

这也是合乎美学的原则的,但雕琢过度,又嫌太细巧了。原始的全是一气浑成的。如"昔我往矣,杨柳依依。今我来思,雨雪霏霏。"一点也看不出琢凿的痕迹。但如王融的《琵琶诗》:

> 抱月如可明,怀风殊复清。丝中传意绪,花里寄春情。
> 掩抑有奇态,凄锵多好声。芳袖幸时拂,龙门空自生。

每句都对,而只觉它完全重于对偶而毫无诗趣了。所以诗的对偶只是表面的修饰,仍得以文字灵感来做标准。例如陆游的《秋夜读书诗》:"白发无情侵老境,青灯有味似儿时",读起来往往会不觉其对偶的。这才是不因对偶而妨害辞意的好例。《文心雕龙》上又说:

> 故丽辞之体,凡有四对;言对为易,事对为难,反对为优,正对为劣。言对者,双比空辞者也;事对者,并举人验者也;反对

者,理殊趣合者也;正对者,事异义同者也。……是以言对为美,贵在精巧;事对所先,务在允当。若两事相配,而优劣不均,是骥在左骖,驽为右服也。若夫事或孤立,莫与相偶,是夔之一足,踦蟬而行也。若气无奇类,文乏异采,碌碌丽辞,则昏睡耳目,必使理圆事密,联璧其章,迭用奇偶,节以杂佩,乃其贵耳。

对偶之中以同数的物件相对的,如"白片落梅浮涧水,黄梢新柳出城墙。""梅"、"柳"同是树木。以异类物件相对的,如"岂有文章惊海内,漫劳车马驻江干。""文章"和"车马"不是同类。以叠字与叠字对的,如"处处落花春寂寂,时时中酒病恹恹。"也有隔句作对的,如"昔年共照松溪影,松折碑荒偏已无。今日还归锦城事,雪铺花谢忧如何。"第一句与第三句对,第二句与第四句对的。也有句中自相作对的,如"桃花细逐杨花落,黄鸟时兼白鸟飞。""桃花"对"杨花"、"黄鸟"对"白鸟"。流水对,虽分成两句,而意思都连贯在一起,上面陆游的诗便是一个例子。又如"羞将短发还落帽,笑倩傍人为整冠。"借对,乃是衍音而作对的,如"厨人具鸡黍,稚子摘杨梅。""杨"与"羊"同音,来对"鸡"字。又如"黄雀数声催柳变,清溪一路踏花归。""清"与"青"同音,对"黄"字。这许多对法之中以流水对为最自然。至于借对一项,已钻到牛角尖里去了。流水对之佳者,如司空曙的"乍见翻疑梦,相悲各问年。"白居易的"百姓多寒无可救,一身独暖亦何情?"

此外,诗句中不乏以数量形容词来作对的,如祖咏的"万里寒光生积雪,三边曙色动危旌。"刘禹锡的"千寻铁锁沉江底,一片降幡出石头。"李白的"三山半落青天外,二水平分白鹭洲。"张道济的"云间东岭千重出,树里南湖一片明。"沈约的"九月寒砧催木叶,十年征戍忆辽阳。"刘长卿的"万里三江客,孤城百战心。"柳宗元的"一身去国六千里,万死投荒十二年。"梵志的"鹿脯三四条,石盐五六课。"王绩的"三男婚令族,五女嫁贤良。"卢照邻的"黄莺一一向花娇,青鸟双双将子戏。""自昔公卿二千石,咸拟荣华一万人。"也有以颜色来作对偶的,如高适的"青枫江上秋天远,白帝城边古木疏。"李白的"黄鹤一去不复返,白云千载空悠悠。"沈约的"白狼河北音书断,丹凤城南秋夜长。"贾岛的"夕阳飘白露,树影扫青苔。"韩愈的"江作青罗带,山如碧玉簪。户多输翠羽,家自种黄甘。"孟浩然的"绿树村边合,青山郭外斜。"谢朓的"清吹要碧玉,调弦命绿珠。"白居易的"绿蚁新醅酒,红泥小火炉。"王之涣的"白日依山尽,黄河入海流。"普通的对偶是以动词对动词、形容词对形容词、名词对名词、虚字对虚字的,举例如下:

去国三巴远,登楼万里春。
伤心江上客,不是故乡人。

(卢僎《南望楼》)

两个黄鹂鸣翠柳,一行白鹭上青天。
窗含西岭千秋雪,门泊东吴万里船。

(杜甫《绝句》)

长歌游宝地,徙倚对珠林。
雁塔风霜古,龙城岁月深。
柑园澄夕霁,碧殿下秋阴。
归路烟霞晚,山蝉处处吟。

(沈佺期《游少林寺》)

玉楼银榜枕严城,翠盖红旂列禁营。
日映层岩图画色,风摇杂树管弦声。
水边重阁含飞动,云里孤峰类削成。
幸睹八龙游阆苑,无劳万里访蓬瀛。

(宗楚客《奉和幸安乐公主山庄应制》)

它们大致的规律是如此,因为后世诗人们"语不惊人死不休",便日渐趋于精巧的一路了。由排句转而为对偶,由对偶又转而有所谓借对。将"洪杨"写成"红羊",似乎太属转屈。但是要将一切文章废除自然的对偶,这也是不可能的。钱玄同说:"凡作一文,欲其句句相对,与欲其句句不相对者皆妄也。"周作人在《自己的园地》中也说:

我们一面不赞成现代人做骈文律诗，但也并不忽视国语中字义声音两重对偶的可能性……国语文学的趋势，虽然向着自由的发展；而这个自然的倾向，也大可利用，炼成音乐与色彩的言语。只要不以词害意罢了。

他们都不曾忽略对偶的自然性，而防止它向畸形的方面去发展。这意见是非常公允的。民国以后，文艺的新潮弥漫了全国，诸多提倡语体文学者，都力主废除对偶，因为它完全是雕虫小技。但是却因噎废食地忘掉它原始的美质。胡适在《文学改良刍议》中有不讲对仗一条，他说：

排偶乃人类言语之一种特征，故虽古代文字如老子、孔子之文，亦间有骈句，如"道可道，非常道；名可名，非常名；无名天地之始，有名天地之母，故常无，欲以观其妙，常有，欲以观其缴。"此三排句也。"食无求饱，居无求安"，"贫而无谄，富而无骄"，"尔爱其羊，我爱其礼"，此皆排句也。然此皆近语言之自然，无牵强刻削之痕迹，尤未有定其字之多寡、声之平仄、词之虚实者也。至于后世文学末流，言之无物，乃以文胜；文胜之极，而骈文、律诗兴焉，而长律兴焉。骈文、律诗之中非无佳作，然佳作终鲜。所以然者何？岂不以其束缚人之自由过甚之故耶？今日而言文学改良，当先立乎大者，不当枉费有用之精力于微细纤巧之末,此吾所以有废骈废律之说也。

其实诗的好处不在乎对偶的一端上的。从原始的对偶进化而为精巧刻画的对偶,纤细的对偶变化做尽了,又错综而故意使它不平凡,诗的声韵上也是如此的。《渔隐丛话》:

> 僧惠《洪冷斋夜话》载,介甫诗云:"春残叶密花枝少,睡起茶多酒盏疏。""多"当作"亲",世俗转写之误。洪之意,盖欲以"少"对"密",以"亲"对"疏"。余作荆南教官,与江朝宗汇者同僚,偶论及此,江云:"惠洪多妄诞,殊不晓古人诗格,此一联以'密'字对'疏'字,以'多'字对'少'字,正交股用之,所谓蹉对法也。"

这也是对偶中变化的一种,又如李群玉《赠郑相井歌姬诗》:"裙拖六幅湘江水,鬓耸巫山一段云。"照理应该说"裙拖湘江六幅水,鬓耸巫山一段云"或者"裙拖六幅湘江水,鬓耸一段巫山云"的。为了觉得普通对偶的平凡,才想法子来错综其语。韩愈《罗池庙碑》中有一句"春与猿吟兮,秋与鹤飞。"而碑文作"秋鹤与飞。"《梦溪笔谈》、《扪虱新话》、《学林》都有论列:

> 韩退之集中《罗池神碑铭》有"春与猿吟兮,秋与鹤飞",今

验石刻乃"春与猿吟兮,秋鹤与飞",古人多用此格。如《楚辞》"吉日兮辰良",又"蕙肴蒸兮兰藉,奠桂酒兮椒浆",盖欲相错成文,则语势矫健耳。

(《梦溪笔谈》)

楚辞以"日吉"对"良辰",以"蕙肴蒸"对"奠桂酒"。存中云:"此是古人欲错综其语以为矫健耳。"予谓此法本自《春秋》书:"陨石于宋五,六鹢退飞过宋都",说者皆以石鹢五六先后为义,殊不知圣人文字云法正当如此,既曰"陨石于宋五",又曰"退飞鹢于宋六",岂不成文理?故不得不错综其语因以为健也。《楚辞》正用此法,其后韩退之作《罗池碑》云:"春与猿吟兮,秋鹤与飞",以"与"字上下言之,盖亦欲语反而辞从耳。今《罗池碑》不刻古本如此,而欧阳公以所得李生《昌黎集》校之,只作"秋与鹤飞",遂疑古本为误。惟沈存中为始得古文意,然不知其法自《春秋》出。盖自予始发之。

(《扪虱新话》)

欧公跋《罗池碑》曰:"今世传《昌黎集》文与碑多同,惟……碑云:'春与猿吟兮,秋鹤与飞',则疑碑之误也。"观国详《罗池碑》升"鹤"字于"与"字之上,则句老而格新,古人有此格;屈平九歌曰:"蕙肴蒸兮兰藉,奠桂酒兮椒浆。""蕙肴蒸"不可以对"莫桂酒",而特倒其语者,取乎句老而格新也。然则《罗池碑》云:"春与猿吟兮,秋鹤与飞",非误也,亦当以碑为是。

不管它出于什么地方,这种句法,确乎是故意,使它错综的。《楚辞》中有这种例。韩愈文中也有这种例,诗中这种例子更多。这完全是因为对偶太呆板而做出来的新花样。

由此我们可以知道诗句的长短变化没有什么一定的格式,清代的试帖诗,由一句诗可以化成一篇,韦应物诗:"野渡无人舟自横"也可以伸成二句:"野水无人渡,孤舟尽日横"(寇准诗)。而一首诗之中也有增减。例如唐人李嘉佑诗:"水田飞白鹭,夏木啭黄鹂",王维增了四字,成为"漠漠水田飞白鹭,阴阴夏木转黄鹂。"《石林燕语》称王维点化以自见其妙。《诗话总龟》:

> 李义山尝做诗曰:"镂月为歌扇,裁云作舞衣。自怜迥雪态,好取洛川归。"有枣强尉张怀庆好窃人文章,有诗曰:"生情镂月为歌扇,出性裁云作舞衣。照鉴自怜迥雪态,时来好取洛川归。"时人谓之曰:"活剥张昌龄,生吞郭正一。"

也有人将唐人"清明时节雨纷纷,路上行人欲断魂。借问酒家何处有?牧童遥指杏花村"诗每句删了两字,成为:"清明雨纷纷,行人欲断魂。酒家何处有,遥指杏花村。"又如杜甫诗:"千崖秋气高",杜牧则说:"南山与秋色,气势两相高。"刘长卿诗:"春入烧痕青",而白居易则说:"野火烧不尽,春风吹又生。"卢仝诗:"阳坡草软厚如铁,因与鹿麝相伴眠。"王安石则有:"眠分黄犊草"之句。《渔隐丛话》:

> 王直方《诗话》云:"或有称咏松句云:'影摇千尺龙蛇动,声憾半天风雨寒。'"一僧在座曰:"未若'云影乱铺地,涛声寒在空。'或以语圣俞,圣俞曰:'言简而意不遗,当以僧语为优。'"

足见对偶用句,有的是勉强敷衍,有的却是不能合成一句。唐朝刘知几说它:"其为文也,大抵编字不只捶句皆双。修短取均,奇偶相配。故应以一言蔽之者辄足为二言;应以三句成文者,必分为四句。"这里面只能随作者的性灵而安排了。而古诗的对偶,较为自然,又有排句的趣味。如白居易的《夜雨诗》:

我有所念人,隔在远远乡。我有所感事,结在深深肠。

又如杜甫《前出塞》之一:

挽弓当挽强,用箭当用长。射人先射马,擒贼先擒王。

前一首似是隔句对,而实在是排句,第二首,似是两两相对,而实在也是排句,一些也没雕刻的气息,这是对偶中较生动的例子。可以做我们的法则的。

诗中的对偶,既是古已有之,而严格的时代,实在始齐、梁之间的。谢朓的《赠王主簿诗》,它前半首已是完全整齐的对句了:

清吹要碧玉,调弦命绿珠。轻歌覆衣带,含笑解罗襦。
余曲讵几许,高驾且峥嵘。徘徊韶景暮,惟有洛城隅。

但自从《文心雕龙》的作者刘勰标举"四对"以后,唐初上官仪又有所谓"六对"、"八对",见于《诗苑类聚》:

上官仪曰:"诗有六对,一曰正名对,天地日月是也;二曰同类对,花叶草芽是也;三曰联珠对,萧萧赫赫是也;四曰双声对,黄槐绿柳是也,五曰叠韵对,徬徨放旷是也;六曰双拟对,春树秋池是也。"又曰:"诗有八对,一曰的名对,送酒东南去,迎琴西北来是也。二曰异类对,风织池间树,虫穿草上文是也。三曰双声对,秋露香佳菊,春风馥丽兰是也。四曰叠韵对,放荡千般意,迁延一介心是也。五曰联绵对,残河若带,初月如眉是也。六曰双拟对,议月眉欺月,论花颊胜花是也。七曰回文对,情新因意得,意得逐情新是也。八曰隔句对,相思复相忆,夜夜泪沾衣。空叹复空泣,朝朝君未归是也。"

上官仪,贞观间人,他的诗体号称"上官体",可见这时候,对偶已风靡一时,当时人喜欢它的新奇,已努力倾向于对偶上的种种研究了。

自唐代律诗的兴起,对偶便成为诗中的一个重大因素,于是谈诗者无不以对偶为主题。诗人们闭门觅句。"吟安一句字,撚断数茎须",无非是想文字的神化、对偶的工切与奇特罢了。但是因为求对偶的工切,而损害文意的,也不知正有多少。而所谓诗人也者依然终日兀兀于对偶之求工,音调的单越。自唐至清,莫不如此。如宋代的晏殊有"无可奈何花落去"一联,王琪对出"似曾相识燕归来"。王安石又喜将古人诗句,东凑东剪拉来作对。而此后民间对对子的风气也盛行了。"天对地,地对天,天地对山川,星辰对日月,酷热对严寒,千紫万红遥相对,蝶舞蜂狂分两边。"常常在人们嘴里听到。而所谓"对课"也有渐趋精巧的例子。也有的人舍诗而专学对课的,后来便有对联的发生。一方面是时习使然,人类的心理总是不喜欢古朴而喜欢花样翻新,而另一方面是音乐的渐趋复杂,不如此不足以悦耳,不足以悦目,不足以动人心意了。但就美的观点看,整齐、对称,固然也是一种美质,但过于整齐和相对了,也会觉得平凡而没有意味的。所以对偶在现代,应该完全废止呢,还是应该返古,应该仍照原始的状态。这问题依我的见解,我们做诗做文,不要先存一对偶与非对偶之心,一切听其自然,自然的对偶也用不着故意去避免,而非对偶的诗文更不必大费经营,将它改成为工切的对句。

第十七章
格式与结构

近体诗的起来,和四声有了很密切的关系。所谓"四声",即是"平"、"上"、"去"、"入"四种。相传分四声的方法有四句口诀:"平声平道莫低昂,上声高呼猛烈强,去声分明哀远道,入声急促猛收藏。"其实这四句口诀是望文生义的说法,四声的差别不过是音调的长短而已。"平声"的音节最长,"入声"最促。例如"东"是平声,"石"是入声,其中音节长短便有很显著的差异了。梁沈约有《四声谱》,现在已经失传了。《隋书·经籍志》和《封氏闻见记》都说有这部书的。《梁书·沈约传》中说:

> 约撰四声谱,以为在昔词人,累千载而不悟,而独得胸襟,穷其妙旨,自谓入神之作。武帝雅不好焉。问周舍曰:"何谓四声?"舍曰:"'天子圣哲'是也。"

"天子圣哲"四字恰好是"平上去入"四声,因此"王道正直"、"东董冻笃"等皆是同样的例子了。这四个字的音节是渐次缩短的,不难分辨出来。所"平"、"仄"实在因为平声字多,便独立一类,上去入字不多,便合并为一类,称它作"仄声",如果懂得四声的分别的话,那么平仄声也是很容易区别的。

诗式便是古代给诗的束缚,哪一种体制哪一个字要用什么声调有一定的。这是否应该,是否诗一定要有格式,这是一个值得研究的问题,但是我们要懂得旧诗,非将它检讨一下不可。

先说近体诗的格式,近体诗中先说绝句再说律诗,便以现成的诗来做例子,懂得平仄的人,一定也会明白的。例如:

(一)春来日渐长,醉客喜年光。稍觉池亭好,偏宜酒瓮香。(王绩《初春》——五言绝句平起平韵)

(二)北风吹白云,万里渡河汾。心绪逢摇落,秋声不可闻。(苏颋《汾上惊秋》——五言绝句仄起平韵)

(三)撩钗盘孔雀,恼带拂鸳鸯。罗荐谁教近,斋时锁洞房。(李商隐《风》——五言绝句平起平韵,但第一句末一字为仄声)

（四）白日依山尽，黄河入海流。欲穷千里目，更上一层楼。（王之涣《登鹳雀楼》——五言绝句仄起平韵，但第一句末一字仄声）

（五）千山鸟飞绝，万径人踪灭。孤舟蓑笠翁，独钓寒江雪。（柳宗元《江雪》——五言绝句平起仄韵）

（六）山月皎如烛，风霜时动竹。夜半鸟惊栖，窗间人独宿。（韦应物《同褒子秋斋独宿》——五言绝句仄起仄韵）

（七）云间征戍断，月下归思切。鸿雁西南飞，如何故人别。（王勃《塞下思友》——五言绝句平起仄韵，第一句不协）

（八）松下问童子，言师采药去。只在此山中，云深不知处。（贾岛《寻隐者不遇》——五言绝句仄起仄韵，第一句不协）

五言绝句平韵的第三句用仄韵；仄韵的第三句用平韵，这是不易的定则。除了上面几个例子以外，仄韵之中尚有第一句用平韵的；如王维的《留别崔兴宗》："驻马欲分襟，清寒御沟上。前山景气佳，独佳还惆怅。"平韵之中，也有第一句用平而不协韵的，如金绪昌的《春怨》："打起黄莺儿，莫教枝上啼。啼时惊妾梦，不得到辽西。"但总不如前八例之多。七绝的格式如：

（一）多情总却似无情，惟觉樽前笑不成。蜡烛有心还惜别，替人流泪到天明。（李商隐《无题》——平起平韵）

（二）李白乘舟将欲行，忽闻岸上踏歌声。桃花潭水深千尺，不及汪伦送我情。（李白《赠汪伦》——仄起平韵）

（三）玉门山嶂几千重，山北山南总是烽。人依远戍须看火，马踏深山不见踪。（王昌龄《从军行》——平起，第一句不协）

（四）两个黄鹂鸣翠柳，一行白鹭上青天。窗含西岭千秋雪，门泊东吴万里船。（杜甫《绝句》——仄起，第一句不协）

七绝第三句末尾的格律与五绝同。但除上列四式之外，也有用仄韵的，仄韵之中，也有第一句末了不协韵的，如岑参《入关先寄秦中故人》："秦山数点似青黛，渭水一条如白练。京师故人不可见，寄将两眼看飞雁。"也有第一句末了也协韵的，如郎士元的《送别歌》："穆陵关上秋云起，安陆城边远行子。薄暮寒蝉三两声，回望故乡千万里。"五律的格式是：

（一）十年离乱后，长大一相逢。问姓惊初见，称名忆旧容。别来沧海事，语罢暮天钟。明日巴陵道，秋山又几重。（李益《喜见外

弟又言别》——平起平韵,第一句不协)

(二)闻道黄龙戍,频年不解兵。可怜闺里月,长照汉家营。少妇今春意,良人昨夜情。谁能将旗鼓,一为取龙城。(沈佺期《杂诗》——仄起仄韵)

(三)前年戍月支,城下没全师。蕃汉断消息,死生长别离。无人收废帐,归马识残旗。欲祭疑君在,天涯哭此时。(张籍《没蕃故人》——平起平韵,首句协韵)

(四)城阙辅三秦,风烟望五津。与君离别意,同是宦游人。海内存知己,天涯若比邻。无为在歧路,儿女共沾巾。(王勃《送杜少府之任蜀川》——仄起平韵,首句协韵)

五律之中也有用仄韵的,如郑南金《奉和九日幸临南渭登高应制》诗:"重阳玉律应,万乘金舆出。风起韵虞弦,云开壮尧日。菊花逢圣酒,茱萸挂衰质。欲知恩煦多,顺动观秋实。"但此例不多。七律的格式如下:

(一)群山万壑赴荆门,生长明妃尚有村。一去紫台连朔漠,独留青冢向黄昏。画图省识春风面,环珮空归月夜夜。千载琵琶作胡

语,分明怨恨曲中论。(杜甫《咏怀古迹》——平起平韵)

(二)时难年荒世业空,弟兄羁旅各西东。田园寥落干戈后,骨肉流离道路中。吊影分为千里雁,辞根散作九秋蓬。共看明月应垂泪,一夜乡心五处同。(白居易《望月有感示诸兄弟妹》——仄起平韵)

(三)西山白雪三城戍,南浦清江万里桥。海南风尘诸弟隔,天涯涕泪一身遥。惟将迟暮供多病,未有涓埃答圣朝。跨马出郊时极目,不堪人事日萧条。(杜甫《野望》——平起平韵,首句不协)

(四)岁暮阴阳催短景,天涯霜雪霁寒宵。五更鼓角声悲壮,三峡星河影动摇。野哭千家闻战伐,夷歌数处起渔樵。卧龙跃马终黄土,人事音书漫寂寥。(杜甫《阁夜》——仄起平韵,首句不协)

此外,七律也有用仄韵的,如高适的《九月九日酬颜少府》:"檐前白日应可惜,篱下黄花为谁有。行子迎霜来换衣,主人得钱始沽酒。苏秦憔悴时多饮,蔡泽恓惶世应丑。纵使登高只断肠,不如独生空回首。"

六言有绝句也有律诗,有用平韵的,也有用仄韵的,但是做的人却不多,所以此地也不多举例。律诗平韵的,如刘长卿的《苕溪酬梁耿别后见寄诗》:"晴川永路何极?落日孤舟解携。鸟向平芜远近,人随流水东西。白云千里万里,明月前溪后溪。惆怅长沙谪去,江潭芳草萋萋。"绝句仄起如秦观《董浦即事》:"南土四时有热,愁人日夜俱长。安得此身如土,一齐忘了家乡?"平起的如范成大的《晓枕》:"卧闻赤脚鼾息,乐哉栩栩遽遽。病夫心口相问,何日佳眠似渠?"

五言七言也有所谓拗体的,如裴迪《孟城坳》:"结庐古城下,时登古城上。古城非畴昔,今人自来往。"七言如李白《登庐山五老峰》:"庐山东南五老峰,青天削出金芙蓉。九江秀色可揽结,吾将此地巢云松。"这两首是完全与近体诗的平仄不协的。又如金昌绪的《春怨》:"打起黄莺儿,莫教枝上啼。啼时惊妾梦,不得到辽西。"又如李白《山中与友人对酌》:"两人对酌山花开,一杯一杯复一杯。我醉欲眠君且去,明朝有意抱琴来。"这两首上半不协,下半仍旧协的。七言律诗的不协平仄的,如杜甫的《题省中院壁》:"掖垣竹埤梧十寻,洞门对雪常阴阴。落花游丝白日静,鸣鸠乳燕青春深。腐儒衰晚谬通籍,退食迟回违寸心。衮职曾无一字补,许身愧比双南金。"

至于古风与乐府的平仄,大抵很少有规则的变化。清代王渔洋做诗很出名,赵秋谷曾问他右诗的平仄,渔洋不肯告诉他,他便发愤用功,做了一部《声调谱》,完全是论古诗的平仄声的。王渔洋也有《古诗平仄论》,后来董研樵也有《声调四谱图说》,都是力求古诗平仄的奥妙的。王士祯论七言古诗道:

七言古诗自有平仄,若平韵到底者,断不可杂以律句,其要在第五字必平。第五字既平,第四字又必仄;第四、第五字平既合,第二字可平可仄,然不如平之谐也。古人多用平。……至其出句(奇句),第五字多用仄,如间有用平者则第六字多仄;至出句之第二字,又多用平。……总之,出句之第二字平,第五字仄,其余四仄五仄亦谐。……落句(偶句)第五字平,第四字仄,上有三仄四仄,亦皆古句正式。……古大家亦有别律句者,然出句总以二五为平,落句总以三平为式。间有杂律句者,行乎不得不行,究亦小疵也。……若仄韵到底,间似律句,无妨;以用仄韵,半非近体其平仄抑扬,多以第二字第五字为关捩,……若换韵者,已非近体,用律句无妨;大约首尾腰腹,须铢两匀称为正。

至于五古的平仄,赵秋谷以为"间以律句,即以古句板之。两句一联,断不得与律诗相乱。""无一联是律者,平韵古体,以此为式。""平平仄平仄,为拗律句,乃仄韵古诗下句正调也。"董研樵《声调四谱图记》将五七言古诗,用黑白表出其平仄,格局变化很多。但是所列的图谱,与古诗一一比较起来,有许多不能配合的地方,足见所谓图谱,也没有一定的法则的,不过取其多数归纳出一个方法来罢了。古诗的不可以律以绳墨,原是自然的趋势,一切艺术,当初一定原始的没有一定的系统与格式,后来逐渐进化,格律也愈深,于是便会起一个剧烈的反动,将它的束缚完全摆脱,近体诗的全盛时期,正是诗的缚束最厉害的时候。

所以古诗与乐府诗的平仄,大都没有一定的规律,大抵着重于变化,不作拘泥。例如乐府诗的《豫章行》"白杨初生时"一句中连用了五个平声字;又如《箜篌引》中的"零落归山丘"也只有一个仄声字。又如李白的《豫章行》"胡风吹代马"有三个平声字叠在一起,两个仄声字叠在一起了,赵执信的《声调谱》载有半格诗一首,即白居易的《小阁闲坐》,以为它在古体近体之间的:

阁前竹萧萧,阁下水潺潺。拂簟卷帘坐,清风生其间。
静闻新蝉鸣,远见飞鸟还。但有巾挂壁,而无客叩关。
二疏返故里,四老归旧山。吾亦适所愿,求闲而得闲。

你看它每句不调平仄,和古体完全是一样的。古风和乐府的格式,只能就用韵来讨论,近体诗完全是一首诗用同样的一个韵脚的,而古诗却不尽然,即以短的古诗来论,虽然也只有一韵,而第一句大都也是协韵的,如杜甫的《曲江》:

自断此生休问天,杜曲幸有桑麻田,故将移往南山边。短衣匹马随李广,看射猛虎终残年。

但是其中也有换韵的,换韵,最普通的是平仄韵对换。例如岑参的《登古邺城》:

> 下马登邺城,城空复何见。东风吹野火,暮入飞云殿。城隅南对望陵台,漳水东流不复回。武帝宫中人去尽,年年春色为谁来。

较长的古诗以及长篇古诗,无论七言五言,有全首每句用韵的,也有全首二句用韵的;转韵的诗从转两韵一直到转十七韵的。各举例如下:

> 卢溪郡南夜泊舟,夜闻两岸羌戎讴。
> 其时月黑猿啾啾,微雨沾衣令人愁。
> 有一迁客登高楼,不言不寐弹箜篌。
> 弹作蓟门桑叶秋,风沙飒飒青冢头。
> 将军铁骢汗血流,深入匈奴战未收。
> 黄旗一点兵马收,乱杀胡人积如丘。
> 疮病驱来役边州,仍披漠北羔羊裘。
> 颜色饥枯掩面羞,眼眶泪滴深两眸。
> 思还本乡食牦牛,欲语不得指咽喉。
> 或有强壮能咿嚘,意说被他边将仇。

五世属蕃汉主留,碧毛毡帐河曲游。
橐驼五万部落稠,勅赐飞鸟金兜鍪。
为君百战如过筹,静扫阴山无鸟投。
家藏铁券特承优,黄金百斤不称求。
九族分离作楚囚,深溪寂寞弦苦幽。
草木悲感声飕飕,仆本东山为国忧。
明光殿前论九畴,粗读兵书尽冥搜。
为君掌上施权谋,洞晓山川无与俦。
紫宸诏发远怀柔,摇笔飞霜如夺钩。
鬼神不得知其繇,怜爱苍生比蚍蜉。
朔河屯兵须渐抽,尽遣降来拜御沟。
便令海内休戈矛,何用班超定远侯!
史臣书之得已不?

(王昌龄《箜篌引》七言一韵到底一句一协。五言一韵到底者如杜甫的《北征》,文长不长录。)

白头老叟泣且言,禄山未乱入梨园。
能歌琵琶与法曲,多在清华随至尊。
是时天下太平久,年年十月坐朝元。
千官起居环佩合,万国会同车马奔。
金钿照耀石瓮寺,兰麝重煮温汤源。

贵妇宛转侍君侧,体弱不胜珠翠繁。

冬雪飘摇锦袍暖,春风荡漾霓裳翻。

欢娱未足燕寇至,弓劲马肥胡语喧。

函土人迁避獯鬻,鼎湖龙去哭轩辕。

从此漂沦落南土,万人死尽一身存。

秋风江上浪无际,幕雨舟中酒一樽。

涸鱼久失风波势,枯草曾沾雨露恩。

我自秦来君莫问,骊山渭水如荒村。

新丰树老笼明月,长生殿暗锁春云。

红叶纷纷盖欹瓦,绿苔重重封壤垣。

唯有中官作官使,每年寒食一开门。

　　(白居易《江南遇天宝乐叟歌》——一韵到底而两句一韵)

春流送客不应赊,南入徐州见柳花。

朱雀桥边看淮水,乌衣巷里问王家。

千闾万井无多事,辟户开门向山翠。

楚云朝下石头城,江燕双飞瓦官寺。

吴士风流甚可亲,相逢嘉宾日应新。

从来此地夸羊酪,自有莼羹味可人。

　　(韩翃《送客之江宁》——一首转二韵)

寻幽无前期,乘兴不觉远。苍崖渺难涉,白日忽欲晚。
未穷三四山,已历千万转。寂寂闻猿愁,行行见云收。
高松来好月,空谷宜清秋。溪深古雪在,石断寒泉流。
峰峦秀中天,登眺不可尽。丹丘遥相呼,顾我忽而哂。
遂造穷谷间,始知静者闲。留欢达永夜,清晓方言还。

（李白《寻高凤石门山中元丹丘》——换四韵）

大抵篇幅愈长,则换韵也愈多。例如元稹的《连昌宫词》,换了十五韵,骆宾王的《帝京篇》换了十七韵,换韵的格式以两句或四句一换者为多。

再说结构。格式是死的,结构是活的,格式可以说是千篇一律,而结构却各人不同。从前人说诗,大都以起、承、转、合来作解释。实际上却未必尽然。又因为诗的内容各异,写法也各各不同了。现在将绝句、律诗、古风的结构,分别来研究一下。

绝句的字数很少,所以势非经济不可。不能作长篇的议论,大都是写景写情之作。要言少意多,意出于言外,才是真正的好诗。例如怀古一类,如:

江雨霏霏江草齐,六朝如梦鸟空啼。
无情最是台城柳,依旧烟笼十里堤。

（韦庄《金陵图》）

江上荒城猿鸟悲,隔江便是屈原祠。
一千五百年间时,只有滩声似旧时。

(陆游《屈原词》)

朱雀桥边野草花,乌衣巷口夕阳斜。
旧时王谢堂前燕,飞入寻常百姓家。

(刘禹锡《乌衣巷》)

风情渐老见春羞,到处春光忆旧游。
多谢长条似相识,强垂烟穗拂人头。

(李煜《题扇》)

这是一类格式完全以一件小小物件来衬托时代兴亡之感的,例如一四两首中的"柳",第二首的"滩声",第三首的"燕",都是这种例子,非常得多。次之,以今昔作对比,来发今不如昔之感慨的,如:

书、画、琴、棋、诗、酒、花,当年件件不离他。
而今七事都更变:柴、米、油、盐、酱、醋、茶。

(苏轼《杂诗》)

三十年前此院游,木兰花发院新修。
如今重到经行处,树老无花僧白头。

(王播《游木兰院》)

上堂已了各西东,惭愧阇黎饭后钟。
三十年来尘扑面,如今始得碧纱笼。

(同上)

朱雀桥边野草花,乌衣巷口夕阳斜。
旧时王谢堂前燕,飞入寻常百姓家。

(刘禹锡《乌衣巷》)

前面的事正足以反衬后面的抑郁。这种方法,诗中也常常用它。次之,诗里常常有一种无可奈何的感情,甚至于对无情的草木也和对人一样,这样可以增进读者浓厚的意感的。例如:

黄河远上白云间,一片孤城万仞山。
羌笛何须怨杨柳,春风不度玉门关。

(王之涣《凉州词》)

梦短添惆怅,更深转寂寥。

如何今夜雨,只是滴芭蕉。

(吕本中《夜雨》)

两株桃杏映篱斜,装点商山副使家。
何事春风容不得,和莺吹折数枝花。

(王禹偁《春居杂兴》)

断角斜阳触处愁,亭间搔首日悠悠。
世间最是蝉堪恨,送尽行人更送秋。

也有在诗中发他个人的议论的,所谓议论也并非什么玄奥的理论,不过一件小事上的感慨罢了。李商隐的"嫦娥应悔偷灵药,碧海清天夜夜心。"苏轼的"谁知圣人意,不在古书中。"举几首例子:

贺家湖上天华寺,一一轩窗向水开。
不用闭门防俗客,爱闲能有几人来?

(吕夷简《天华寺》)

衣上征尘杂酒痕,远游无处不销魂。
此身合是诗人未?细雨骑驴入剑门。

(陆游《剑门道中遇微雨》)

旅馆寒灯独不眠,客心何事转怆然?
故乡今夜思千里,霜鬓明朝又一年。

(高适《除夜》)

葡萄美酒夜光杯,欲饮琵琶马上催。
醉卧沙场君莫笑,古来征战几人回?

但也有咏史的,如杜牧的"折戟沉沙铁未销,自将磨洗认前朝。东风不与周郎便,铜雀春深锁二乔。"也有完全写情的,如王维的《竹里馆》:"独坐幽篁里,弹琴复长啸。深林人不知,明月来相照。"也有借物来咏自己的。大抵绝句着重在下两句,前两句不过是反衬或正托出下面两句来的。但是会做诗的人也不肯将前两句随便忽略过去,如前面举过杜牧的诗。——并不是说专以雕琢为能,应该有自然而没有琢凿的痕迹。就是说,不能随便凑上两句,便算绝句的。

律诗的篇幅,比绝句要加倍,所以结构也不如绝句的单纯。不能以一时的感触,便抓出来写做一首律诗,所以就性灵来说,律诗实在不及绝句的容易表现。往往有许多人做律诗,流为堆砌,空洞的一路。但末两句,仍可和绝句一样,不过上面已经有了许多话,不得不有一个总束的。开首的两句,也没有什么定式,总不要把意思说完,可以引出下面的话来。例如王维的《山居秋暝》,八句中有六句

是写景的:

> 空山新雨后,天气晚来秋。明月松间照,清泉石上流。
> 竹喧归浣女,莲动下渔舟。随意春芳歇,王孙自可留。

不过第三、四两句是写静的景,第五、六两句是写动的景罢了。又如宋之问的《题大庾岭北驿》,只有两句是写景的:

> 阳月南飞雁,传闻至此回。我行殊未已,何日复归来?
> 江静潮初落,林昏瘴不开。明朝望乡处,应见陇头梅。

又如杜甫的《不见》一首,便并无写景之句:

> 不见李生久,佯狂真可哀!世人皆欲杀,吾意独怜才。
> 敏捷诗千首,飘零酒一杯。匡山读书处,头白好归来。

如果以全首的结构来分,大抵最普通的是三种,一种前后四句,可分起讫。另一种如上一例,完全是一气贯注的;又另一种每两句可分一起讫。前者如陆游的《书愤》;后者如林逋的《梅花》:

> 早岁那知世事艰?中原北望气如山。

楼船夜雪瓜州渡,铁马秋风大散关。
塞上长城空自许,镜中衰鬓已先斑。
出师一表真名世,千载谁堪伯仲间!

(陆游《书愤》)

吟怀长恨负芳时,为见梅花辄入诗。
雪后园林才半树,水边篱落忽横枝。
人怜红艳多应俗,天与清香似有私。
堪笑胡雏亦风味,解将声调角中吹。

(林逋《梅花》)

至于古风乐府的结构,长篇的完全和作文一样,有段落,有开端和总束。而短篇的却是和歌谣一样,完全是水平式的记述或发抒的。如果要讲长篇的章法,却不容易,以杜甫《偶题》一首为例,这也不过是结构中的一种方式而已:

文章千古事,得失寸心知。作者皆殊列,名声岂浪垂?
骚人嗟不见,汉道盛于斯。前辈飞腾入,馀波绮丽为。
后贤兼旧制,历代各清规。法自儒家有,心从弱岁疲。
永怀江左逸,多病邺中奇。骥骧皆良马,麒麟带好儿。
车轮徒已斫,堂构惜仍亏。漫作潜夫论,虚传幼妇碑。

缘情慰漂荡,抱疾屡迁移。经济暂长策,飞栖假一枝。
尘沙傍蜂虿,江峡绕蛟螭。萧瑟唐虞远,联翩楚汉危。
圣朝兼盗贼,异俗更喧卑。郁郁星辰剑,苍苍云雨池。
两都开幕府,万寓插军麾。南海残铜柱,东风避月支。
音书恨乌鹊,号怒怪熊罴。稼穑分诗兴,柴荆学土宜。
故山迷白阁,秋山忆黄陂。不敢要佳句,愁来赋别离。

第一段论诗论文,以首二句来作开端,以末两句来作结尾;第二段说自己的境遇,也是以前后两句作开端和结束的。这首诗段落分明,是长篇古诗中的结构最清楚的例子。其他叙事诗如《长恨歌》、如《木兰辞》,也都有它的结构。这里不再举例了。

第十八章
典故与性灵

所谓"典故"的引用,它的意义在当初乃是引以往的事实和言论,用来证明今事,它的好处不外乎:一、可以使言语简赅,二、可以使自己的理论有根据,三、可以使文章的用意格外明显。原始的"典",并非一定是事实,而大都是谚语和古语。例如《诗经》中的:

人亦有言:"颠沛之揭,枝叶未有害,本实先拨"。(《大雅·荡》)

人亦有言:"维哲不愚。"(《大雅·抑》)

人亦有言:"进退维谷。"(《大雅·桑柔》)

人亦有言:"柔则茹之,刚则吐之。"

……

人亦有言:"德輶如毛,民鲜克举之,我仪图之。"(《大雅·烝民》)

这些都是引用谚语的例子。引用了古代的话,那么他们的话,便有了根据。春秋战国时的辩说之士,常常引用《诗经》上的话来作例证,也是这个意思。所以由这一点看来,"引用"是文章及诗歌中必不可避免的事,勉强要避免它,往往使诗意不深刻了。

引用古谚之外,尚有引用古人的事迹来作例证的,汉代以前,大都是作者自己虚构一个故事,如《韩非子》中的"大而无当"、"守株待兔"。《孟子》里的"齐人妻妾"、"揠苗助长"等等,有了故事,自己的理论有了例证,同时也可以要言不烦了。《史记·太史公自序》里:

> 昔西伯拘羑里,演《周易》;孔子阨陈蔡,作《春秋》;屈原放逐,著《离骚》;左丘失明,厥有《国语》;孙子膑脚,而论兵法;不韦迁蜀,世传《吕览》;韩非囚秦,《说难》孤愤,《诗》三百篇,大抵贤圣发愤之所为作也。

他写出这许多古人的事迹,用以传达"以著书来作安慰"的主意,也衬出自己所以作"史记"的动机,既然有了这些例证,便可以不必多说了。因此《孔雀东南飞》的开端便先用一个民间共知的故事作为开端,用以衬托下文的可悲的故事,这些都是用典的原始形态。我们不能否认它的功效的。

"典故"也称作"掌故",是故事的意思。故事就是旧事。

《史记·三王世家》:"窃从长老好故事者,取其封策书,编列其事而传之。"《汉书》:"宣帝循武帝故事。"而《史记》:"孝文、孝景因袭掌故。"这都是旧事的意思。《后汉书》:

> 陛下至德广施,慈爱骨肉,每赐宴见,辄兴席改容,中宫亲拜,事遇典故。

这"典故"也是旧事的意思了。可见"典故"的运用,原是引用古人之事,来加强或使简自己之文意的。但是后世做诗文的人以为"典"字有"典雅"的意思,必定字字要有来历、要有出处,并以堆砌为工,专事掉书袋,便误解"典"字的意义了。

但是后来人做诗,却并非完全以古喻今,也有以此事喻他事的。这一类,近乎象征,而大家均不以其为用典,实则较之用典更为有趣。例如朱庆余的《闺意献张籍》:

洞房昨夜停红烛,待晓堂前拜舅姑。
妆罢低声问夫婿,画眉深浅入时无。

以"新妇"喻自己的诗文,以"夫婿"比张籍,这样比直下议论有趣得多了。此是以人喻物的。又如骆宾王的《在狱咏蝉》:

西陆蝉声唱,南冠客思深。不堪玄鬓影,来对白头吟。
露重飞难进,风多响易沉。无人信高洁,谁为表予心。

这完全以"蝉"自比的,这是以物喻人的例。但是普通所谓用典,只是指几个字面或一句而言,并非指整首的。其实原始只是引用如苏轼的:

峨嵋山月半轮秋,影入平江羌水流。
谪仙此句谁解道,劝君见月时登楼。

上面两句引的是李白的话。这一种实在也是用典,而一般人却不肯承认的。

普通所谓用典只指"暗引"而言的。引用了别人或古人的言与事,而不完全说出来,只以几字简单的字面来表示。所以当初只是拣尽人皆知的来应用,而一到用之成习便愈用愈生僻,使人看了不懂得他的用意了。"暗引"之中用得适当的杜甫的《天末怀李白》:

凉风起天末,君子意如何?鸿雁几时到?江湖秋水多。
文章憎命达,魑魅喜人过。应共冤魂语,投诗赠汨罗。

其中"鸿雁几时到"这句是"书信何日到"的意思,里面包含着一个典故：

> 昭帝即位数年，匈奴与汉和亲，汉求武等，匈奴诡言武死，后汉使复至匈奴，常惠请其守者与俱，得夜见汉使，具自陈道。教使者谓单于言："天子射上林中得雁，足有系帛书，言武等在某泽中。"使者大喜，如惠语以让单于，单于视左右而惊谢汉使。

以后便以鸿雁代替书信了。"秋水"是《诗经·秦风·蒹葭篇》中的"蒹葭苍苍，白露为霜，所谓伊人，在水一方"的意思，用作怀念故人的典故。"汨罗"是屈原自沉的地方，用屈原以比李白，用屈原的放逐来比李白的流徙。这些都是用典的地方，但是所谓"雁书"、所谓"秋水"、所谓"汨罗"我们都知道，一般知识阶级已公认为普通常用的词儿，用在那边，并没有什么不切合，并不曾使文意不明白，并不曾妨碍作者的性灵，所以虽则是用典，我敢说他是对的，是于诗有益处的。总之用典的目的，要便大众共知，否则便违背了本意，所以堆砌，往往是失败的，因为多用了，便难免有生僻的分子存在着。

试再举一首诗来作例子吧。如"獭祭鱼"李商隐的《无题》诗：

飒飒东风细雨来，芙蓉塘外有轻雷。
金蟾啮锁烧香入，玉虎牵丝汲井回。
贾氏窥帘韩掾少，宓妃留枕魏王才。

春心莫共花争发,一寸相思一寸灰。

让我先将他来下注解吧!"芙蓉塘"没有这样一个地名,大约是种水芙蓉的地方。"金蟾"道源注说:"蟾善闭气,古人用以饰锁。""玉虎"指井上的辘轳而言。"贾氏……"一句用的是"韩寿偷香"的典故。宓妃故事见曹植《洛神赋序》注:"黄初三年,予朝京师,还济洛川,古人有言,斯水之神,名曰宓妃",注:"宓牺氏之女,溺洛水为神",又曰:"魏东阿王求甄逸女不遂,太祖因与五官中郎将,植殊不平,黄初中入朝,帝示甄后玉镂金带枕,植见之泣。时已为郭后谗死,帝寻悟,以枕赉植,植还洛水上,忽见女子来,自言此枕是我嫁时物,前与五官中郎将,今与君王用荐枕席,言已不见,王遂作《感遇赋》,后明帝见之,改为《洛神赋》。"

但是他为什么用这两个典故,于他全首诗上,有什么帮助呢?这便不能明白了。作者批评这二位古代的谈恋爱的女子,还是恶评还是佳评,也不得而知。尤其和下面二句没有衔接的关系。同时再看三四两句,用了几个偏僻的名词,使全句的文章都不明白了。

照这样看来,所谓用典,不在乎用不用的问题,是在乎所用的"典"如何,在乎用得如何,反对用典的胡适也承认常用的大众所共知的"典"不能称作"典",那么所谓用典单指用僻典的一方面而言了。当然,这和作者做诗时的态度很有关系,如果他着重于性灵,不愿多加雕饰,那么他用了典也是大众共知的典实,而没有这许多余暇来摘句寻章,来咬文嚼字。如果作者本没有什么性灵,为做诗而做诗,那么他没有办法使他的作品精彩,只有走上雕琢的路,只有努力去找寻些偏僻的典故来粉饰外形。宋初的西昆诗派的诗病就在于此,他们忽略了内容而专事于典故的支配。于是他们的诗,所谓出色的,便是使人看不懂的。

用典,原是为帮助文章的"达"而有的,但是后人却变本加厉使它变成诗中的一病。所以就诗而论,大抵白描诗胜于用典故的诗,写景的诗胜于说理的诗,字面平淡的诗胜于字面浓艳的诗。用典的流弊,我们分析起来,可从分为四种。第一,用了典故使诗意不显露;第二,用典太多,堆砌起来,变成掉书袋的毛病。第三,用典和所说的事实不切,完全是个幌子。四,典语的组织,与原来故事不符,任意割裂。因此,不知道典故的来源,而任意乱用。所谓"溯典忘祖",于是专事剽窃,专事粉饰外形,诗的真意,便被剥削殆尽了。让我们将它分别讨论:

第一,用了典故,反而使诗意不明白的病。例如王维的《积雨辋川庄作》本是一首好诗,可惜末两句用了典,反而使诗意不明白了。他的原诗是:

积雨空林烟火迟,蒸藜炊黍饷东菑。
漠漠水田飞白鹭,阴阴夏木啭黄鹂。
山中习静观朝槿,松下清斋折露葵。

野老与人争席罢,海鸥何事更相疑。

"争席"的典故见于《庄子》:"阳子遇老子曰:'而睢睢,而盱盱,而谁与居?'阳子曰:'敬闻命矣!其往也,舍者避席,其返也,舍者与之争席矣。'""海鸥"的典故,见于《列子》:"海上之人有好鸥鸟者,每旦之海上,从鸥鸟游,其父曰:'吾同鸥鸟皆从汝游,汝取来,吾玩之。'明日之海上,海鸥舞而不下。"这两句一用典,成为全首诗中的微瑕了。

我们还该进一步说,用了典而无补于诗意的,也还是不要用的好。因为用了典难免使人多绕一个弯子,容易失却作者的性灵的。举个例说:杜甫的《别房太尉墓》:

他乡复行役,驻马别孤坟。近泪无干土,低空有断云。
对棋陪谢傅,把剑觅徐君。唯见林花落,莺啼送客闻。

其中的"把剑觅徐君"是用《史记》吴季子将宝剑挂在徐君坟上的故事,用以表示知己之死,在此处尚称适当,但是上句"对棋陪谢傅"是指谢安下棋睹墅的故事,此处没有用的必要,因为求对,便用了它,反而使读者误以为这句有什么另外的深意似的。

第二,堆砌典实,使诗句晦涩的病。越是自名为有学问人,做诗做文越喜用典,不管切不切,不管多不多,一概用了进去。李义山诗,便犯了这种病。西昆体更甚。所以魏泰批评他们"务积故实,而语意轻漫,读者病之",而元好问也说他们:"望帝春心托杜鹃,佳人锦瑟怨华年。诗家总爱西昆好,独恨无人作郑笺。"上两句所说的是李商隐的最神秘的一首:

锦瑟无端五十弦,一弦一柱思华年。
庄生晓梦迷蝴蝶,望帝春心托杜鹃。
沧海月明珠有泪,蓝田日暖玉生烟。
此情只可成追忆,只是当时已惘然。

但是诗意却晦涩极了。加以每句差不多包含一个典故,如清代迂懦的弄文一样的可厌,也和宋代理学家说理诗那样乏味。如张载的《圣心》:

圣心难用浅心求,圣学须专礼法修。
千五百年无孔子,盖因通变老优游。

不知道在说些什么。所以用典要贵于切,不在乎多,例如崔曙的《九日登望仙台呈刘明府》:

汉文皇帝有高台,此日登临曙色开。

三晋云山皆北向,二陵风雨自东来。
关门令尹谁能识?河上仙翁去不回。
且欲近寻彭泽宰,陶然共醉菊花杯。

望仙台据《神仙传》,是汉文帝造来纪念河上公的,因为河上公曾以老子授文帝而仙去。这诗的五六两句,第五句说老子出函谷关为关令尹作《老子》的典故,第六句说河上公的仙去,都和望仙台有密切关系,所以虽则用了典,而是另有一种功用,并且毫不妨碍诗意。所以是较好的用典。

第三,所用的典故与事实不适合的病,喜欢堆砌典故,往往不加选择,随便应用,所用的典故,往往与诗中所需要的不合。同时典故重叠犯了"合掌"的病。如陆机的:"宣尼悲获麟,西狩泣孔丘。"上下两句意义全同,叫做"合掌"。又如王安石的"移柳当门何啻五,穿松作径适成三",将"五柳"、"三径"分拆颠倒,便失本意而与当时情景不符了。又如苏轼的"无意青州六从事,化为乌有一先生。"上句以"青州"说酒,失之太远,"乌有先生"上面加一个"一"字也有些牵强。

第四,割裂成语和杜撰典故的病,这一种比上面的几项更为不妥当。诗人固然可以用想象,但引用却不能全违事实。例如王安石的《桃源行》:"望夷宫中鹿为马,秦人半死长城下。"指鹿为马,根据《史记》的记载:

八月巳亥,赵高欲为乱,恐群臣不听,乃先设验,持鹿献于二世曰马也。二世笑曰:丞相误耶?谓鹿为马。问左右,左右或默,或言马,以阿顺赵高,或言鹿者,高因阴中诸言鹿者以法。

据《括地志》:"秦望夷宫在咸阳,雍州县东南八里。"而上文朝见之地乃在秦宫,则可见指鹿为马,不是望夷宫里的事。秦人死长城也,不是秦二世时的事,这二个典故,全与当时事实不合,是杜撰的。即使多用,也是离题甚远,隔靴搔痒。颜之推《家训》所谓"博士卖驴"实在即是指此病而言。又如黄庭坚的绝别人诗句:"断送一生惟有,破除万事无过。"每句下面省却一个"酒"字,这种只可以在游戏之中用之,正式用起来便犯了割裂成语的病了。

　　用典的病,全在乎不适合,"典"的本身并没有什么大害处,许多不明白的诗句,它的缺陷不是全在乎用典,如前例张载的诗,毫不用典也是晦涩不明的。但是诗之中用典只是不得已的事,如果能以白描出之,无论写景、抒情,都比用典有趣得多,明白得多。王摩诘的"诗中有画画中有诗",着力处也不在典的运用上。例如他的《归嵩山作》:

清川带长薄,车马去闲闲。流水如有意,暮禽相与还。
荒城临古渡,落日满秋山。迢递嵩高下,归来且闭关。

不用一典，多少恬淡自然，而许多用典的诗，却万万不能及它，这全在乎他能自写胸臆，不求形式的缘故。大凡有至性的人，他做诗能作情语，也能作景语，不求文字上的华丽，与典实的堆砌，故"性灵"实在重于"格律"、重于"典实"。

自从钟嵘《诗品》反对用实而提倡性情与自然，清代袁枚别标举"性灵"作做诗的标准。他曾有诗道：

> 天涯有客号冷痴，误把抄书当作诗。
> 抄到钟嵘《诗品》日，该他知道性灵时。

所以他主张诗与学问无关，与人的性情有关。"凡诗之传者，都是性灵，不关堆垛。"这见解虽为一看重典故格律的诗人所鄙弃，但是在现代看来却是很有卓识的。没有性灵的人所作的诗只是骸骨，而有性灵的却是灵魂。所以他又曰：

> 杨诚斋曰："格调是空架子，有腔口易描，风趣专写性灵，非天才莫辨。"余深爱其言，须知有性情便有格律，格律不在性情外。

诗,便犯了这种病。西昆体更甚。所以魏泰批评他们"务积故实,而语意轻浅,读者病之",而元好问也说他们:"望帝春心托杜鹃,佳人锦瑟怨华年。诗家总爱西昆好,独恨无人作郑笺。"上两句所说的是李商隐的最神秘的一首:

> 锦瑟无端五十弦,一弦一柱思华年。
> 庄生晓梦迷蝴蝶,望帝春心托杜鹃。
> 沧海月明珠有泪,蓝田日暖玉生烟。
> 此情只可成追忆,只是当时已惘然。

但是诗意却晦涩极了。加以每句差不多包含一个典故,如清代迂懦的弄文一样的可厌,也和宋代理学家说理诗那样乏味。如张载的《圣心》:

> 圣心难用浅心求,圣学须专礼法修。
> 千五百年无孔子,盖因通变老优游。

不知道在说些什么。所以用典要贵于切,不在乎多,例如崔曙的《九日登望仙台呈刘明府》:

> 汉文皇帝有高台,此日登临曙色开。

三晋云山皆北向,二陵风雨自东来。

关门令尹谁能识?河上仙翁去不回。

且欲近寻彭泽宰,陶然共醉菊花杯。

望仙台据《神仙传》,是汉文帝造来纪念河上公的,因为河上公曾以老子授文帝而仙去。这诗的五六两句,第五句说老子出函谷关为关令尹作《老子》的典故,第六句说河上公的仙去,都和望仙台有密切关系,所以虽则用了典,而是另有一种功用,并且毫不妨碍诗意。所以是较好的用典。

第三,所用的典故与事实不适合的病,喜欢堆砌典故,往往不加选择,随便应用,所用的典故,往往与诗中所需要的不合。同时典故重叠犯了"合掌"的病。如陆机的:"宣尼悲获麟,西狩泣孔丘。"上下两句意义全同,叫做"合掌"。又如王安石的"移柳当门何啻五,穿松作径适成三",将"五柳"、"三径"分拆颠倒,便失本意而与当时情景不符了。又如苏轼的"无意青州六从事,化为乌有一先生。"上句以"青州"说酒,失之太远,"乌有先生"上面加一个"一"字也有些牵强。

第四,割裂成语和杜撰典故的病,这一种比上面的几项更为不妥当。诗人固然可以用想象,但引用却不能全违事实。例如王安石的《桃源行》:"望夷宫中鹿为马,秦人半死长城下。"指鹿为马,根据《史记》的记载:

第十八章 典故与性灵

八月巳亥,赵高欲为乱,恐群臣不听,乃先设验,持鹿献于二世曰马也。二世笑曰:丞相误耶?谓鹿为马。问左右,左右或默,或言马,以阿顺赵高,或言鹿者,高因阴中诸言鹿者以法。

据《括地志》:"秦望夷宫在咸阳,雍州县东南八里。"而上文朝见之地乃在秦宫,则可见指鹿为马,不是望夷宫里的事。秦人死长城也,不是秦二世时的事,这二个典故,全与当时事实不合,是杜撰的。即使多用,也是离题甚远,隔靴搔痒。颜之推《家训》所谓"博士卖驴"实在即是指此病而言。又如黄庭坚的绝别人诗句:"断送一生惟有,破除万事无过。"每句下面省却一个"酒"字,这种只可以在游戏之中用之,正式用起来便犯了割裂成语的病了。

用典的病,全在乎不适合,"典"的本身并没有什么大害处,许多不明白的诗句,它的缺陷不是全在乎用典,如前例张载的诗,毫不用典也是晦涩不明的。但是诗之中用典只是不得已的事,如果能以白描出之,无论写景、抒情,都比用典有趣得多,明白得多。王摩诘的"诗中有画画中有诗",着力处也不在典的运用上。例如他的《归嵩山作》:

清川带长薄,车马去闲闲。流水如有意,暮禽相与还。
荒城临古渡,落日满秋山。迢递嵩高下,归来且闭关。

不用一典,多少恬淡自然,而许多用典的诗,却万万不能及它,这全在乎他能自写胸臆,不求形式的缘故。大凡有至性的人,他做诗能作情语,也能作景语,不求文字上的华丽,与典实的堆砌,故"性灵"实在重于"格律"、重于"典实"。

自从钟嵘《诗品》反对用实而提倡性情与自然,清代袁枚别标举"性灵"作做诗的标准。他曾有诗道:

> 天涯有客号冷痴,误把抄书当作诗。
> 抄到钟嵘《诗品》日,该他知道性灵时。

所以他主张诗与学问无关,与人的性情有关。"凡诗之传者,都是性灵,不关堆垛。"这见解虽为一看重典故格律的诗人所鄙弃,但是在现代看来却是很有卓识的。没有性灵的人所作的诗只是骸骨,而有性灵的却是灵魂。所以他又曰:

> 杨诚斋曰:"格调是空架子,有腔口易描,风趣专写性灵,非天才莫辨。"余深爱其言,须知有性情便有格律,格律不在性情外。

又说：

> 诗道最宽，有读破万卷不得闯奥者，有妇人女子村氓浅学偶有一二句，虽李杜复生必为低首者。

我相信这话很有见解，世间的诗人，如陈无已的"闭门觅句"，孟郊的苦吟，贾岛的悲咏，他们的作品中实在很少诗意，如李白、苏轼的随手拈来，不加染点，才有水上风行的妙处，这妙处就是性灵所致的。

相传王安石做诗，写到："青山扪虱生，黄鸟挟书眠"，自以为超过杜甫，其实这两句只是巧合而毫无情致。《沧浪诗话》之所以推崇他的绝句，也因为绝句中多寄托性情之作。"人情共恨春犹浅，不问寒梅有几枝。"而王氏的诗的成功绝不在巧对"岂爱京师传谷口，但知乡里胜壶头"和"周颙宅在阿兰若，娄约身随窣堵波"上的。又如欧阳修的诗，全以写意为主。胡仔评为："欧公作诗，盖欲自出胸臆，不肯蹈袭前人。"又如黄山谷的诗佳处也在他性灵的表现，如"清风明月无人管，并作南楼一味凉"，"可惜不当湖水面，银山堆里看青山"，"不拟折来遮老眼，欲知春色到池塘"，但其割裂古人之作，绝不见他诗中的上品。例如《诚斋诗话》中说：

> 山谷绝句云：草色背青柳色黄，桃花零乱杏花香。春风不解惹愁去，春日偏能惹恨长。此出于唐人贾玉诗，桃花历乱李

花香,又不吹愁惹恨长。仅改五字。

此外如《优古堂诗话》中说他的"五更归梦三千里,一日思亲十二时",仿唐朱画诗:"一别一千日,一日十二忆"。《艺苑卮言》称他的"人家围橘柚,秋色老梧桐",出李白的"人烟寒橘柚,秋色老梧桐"。后面一例,完全是抄袭,岂特割裂而已。所以魏秦又评他:

> 好用南朝人语,专求古人未使之事。又一二奇事,缀葺而成。自以为工,其实所见之僻也。

再以宋代大诗人陆放翁的作品来说明性情在诗中的重要吧。放翁诗最多抒情的作品,也是他诗中的代表作。但是他的掉书袋和理学诗便令人可厌。例如他的《游沈氏园》的几首:

梦断香销四十年,沈园柳老不吹绵。
此身行作稽山土,犹吊遗踪一泫然!

城上斜阳画角哀,沈园非复旧池台。
伤心桥下春波绿,曾是惊鸿照影来。

路近城南已怕行,沈家园里更伤情。

香穿客袖梅花在,绿醮寺桥春水生。

城南小陌又逢春,只见梅花不见人。
玉骨久埋泉下土,墨痕犹锁壁间尘。

他挂念爱妻之情,完全在这几首诗里表现出来了,一种中年人的伤心,一种无可奈何的感慨,都在纸上活跃出来。所以是好诗,是有性灵的作品。又如他的说理诗:

力不扶微学,心犹守旧闻。
壁间科斗字,秦火岂能焚。

古人学问无遗力,少壮工夫老始成。
纸上得来终觉浅,绝知此事要躬行。

和"天子重英豪,文章教尔曹"有什么不同。所以论诗要重作者的性灵,无论他的性情如何,只要能充分地表现出来的,便是佳作。

"典故"与"性灵"照一般说来,是两件水火不相容的东西,但是实际上说来,用典,即是引用成语,足以帮助性灵之发展的。单是用典而不知性灵,只是一个空架子,和木偶一样。而性情实在是诗中的要素。中国诗坛上几千年来有了几多有名的诗人,他们各有各的作风，各有各的性情，所以诗便天天在发展，天天在进化。如果专从典实上着眼，则一定有穷极的时候，所以"诗至唐而极"和"持至宋而弊"的话，是靠不住的。中国古代的诗论，专着重于空泛的理论，即袁枚也不曾说出如何在诗中表现性灵，是一个遗憾。

我们知道文章应该"我写我口"，诗又何独不然。唐宋两代的诗是无界限可分的，但是各人的作风却断不能混为一谈，而其不同，也是因为性灵的关系。旧诗的所以没落，因为是形式的拘束，使做诗者往往偏重外形而不暇顾及内容。如果能在旧诗中，挣扎了形式的拘泥，他的诗一定有另外的价值。明朝杨铁崖不是有许多不合规律的诗吗，但后人却不以为非，反而名之曰拗体。可见形式之无关于"诗"了。又诗有乐府古诗近体之分，又有五七言之别，而佳作却并不以体制而异，全在乎性灵的抒发。所谓"性灵"实即"个人的思想与感情"。这性灵如何发展，如何表现，第一章已有论列了。最后我引明代的丘濬诗来做一个结论吧：

摘语采辞不用奇，风行水上茧抽丝。
寻常风物口头语，便是诗家绝妙词。

第十九章
中国诗的批评

中国评诗的话,在古代书籍里很可以找到断片,但是批评的专书,以诗文合论的,当始于刘勰的《文心雕龙》;专事论诗的,当始于钟嵘的《诗品》。

钟嵘《诗品》是专论汉魏以来的五言诗的。将历来作家分作上、中、下三品,而一一加以评语。在序文中他看出诗的目的来,说:"宏斯三义(赋、比、兴)而用之干之以风力,润之以丹彩,使味之者无极,闻之者动心,是诗之至也。"他又指斥诗之二病——用典与声律道:

> 至于吟咏性情,亦何贵于用事?"思君如流水",既是即目;"高台多悲风",亦惟所见,"清晨登陇首",羌无故实,"明月照积雪",讵出经史?观古今胜语,多非补假,皆由直寻。
>
> 古曰诗颂,皆被之金竹,故非调五音无以谐会,……今既不

被管弦,亦何取于声律也?……但令清浊通流,口吻调利,斯矣足矣。至于平上去入,则余病未能,蜂腰鹤膝,闾里已兴。

所以章实斋在《文史通义》里批评这两书说:"《文心》体大而虑周,《诗品》思深而意远。"

唐代值得注意的诗的批评书,有僧皎然的《诗式》、孟棨的《本事诗》、司空图的《二十四诗品》。《诗式》一书依《四库书目提要》的考证现代通行者怕已不是原本。《本事诗》是将历代有故事的诗篇,写出他的本事。他分所录诗为七类:

1. 情感 2. 事感 3. 高逸 4. 怨愤 5. 征异 6. 征咎 7. 嘲戏

虽然不论诗为主,但亦露出自己的主观,如评李杜二人的诗,是尊李而抑杜的。司空图的《诗品》完全以具体的事物,来写抽象的风格的,他将诗的风格分成二十四品,是:

一、雄浑	二、冲淡	三、纤秾	四、沉着
五、高古	六、典雅	七、洗炼	八、劲健
九、绮丽	十、自然	十一、含蓄	十二、豪放
十三、精神	十四、缜密	十五、疏野	十六、清奇
十七、委曲	十八、实境	十九、悲慨	二十、形容

二十一、超诣　二十二、飘逸　二十三、旷达　二十四、流动

像第一品"雄浑"：

> 大用外腓，真体内充，反虚入浑，积健为雄。具备万物，横绝太空。荒荒油云，寥寥长风，超以象外，得其环中。持之非强，来之无穷。

蔡宽夫诗话评他："司空图善论前人诗，如谓元、白力劲气孱，乃都会之豪估，郊、岛非附于寒涩，无所置才，皆切中其病。"

除了这三部论诗的专集以外，各人论诗的话，也可以找到，杜甫论诗的六绝，往往为后人所引用：

> 庾信文章更老成，凌云健笔意纵横。
> 今人嗤点流传赋，不觉前贤畏后生。

> 王杨卢骆当时体，轻薄为文哂未休。
> 尔曹身与名俱灭，不废江河万古流。

> 纵使卢王操翰墨，劣于汉魏近风骚。
> 龙文虎脊皆君驭，历块过都见尔曹。

才力应难跨数公,凡今谁是出群雄。
或看翡翠兰苕上,未掣鲸鱼碧海中。

不薄今人爱古人,清词丽句必为邻。
窃攀屈宋宜方驾,恐与齐梁作后尘。

未及前贤更勿疑,递相祖述复先谁?
别裁伪体亲风雅,转益多师是汝师。

此后白居易的诗的社会化、语体化的议论,也是卓有独见的。

宋代西昆体迷濔当时,自欧阳修出而风气一变,他的《六一诗话》,虽说"居士退居汝阴而集以资闲谈"的话,但他却揭橥他的诗的主张,他不主张诗要平易,也不主张诗寒过骨,他的主张和梅圣俞的"舍不尽之意"相同。自此以后,宋人诗话,盛极一时,据《四库书目提要》所录,有四十四种:

《六一诗话》欧阳修　《续诗话》司马光　《中山诗话》刘攽
《后山诗话》陈师道　《临汉隐居诗话》魏泰　《优古堂诗话》吴开
《诗话总龟》阮阅　《彦周诗话》许颛　《紫微诗话》吕本申
《珊瑚钩诗话》张表臣　《石林诗话》叶梦得　《藏海诗话》佚名

《风月堂诗话》朱弁　《岁寒堂诗话》张戒　《庚溪诗话》陈岩肖
《韵语阳秋》葛立方　《碧溪诗话》黄彻　《唐诗纪事》计有功
《观林诗话》吴聿　《环溪诗话》佚名　《竹坡诗话》周紫芝
《苕溪渔隐丛话》胡仔　《二老堂诗话》周必大　《诚斋诗话》杨万里
《娱书堂诗话》赵与虤　《后村诗话》刘克庄　《林下偶谈》荆溪
《草堂诗话》蔡梦弼　《竹庄诗话》佚名　《浩然斋雅谈》周密
《对床夜话》范晞文　《诗林广记》蔡正孙　《玉壶诗话》释文莹
《天厨禁脔》释惠洪　《容斋诗话》洪迈　《少陵诗格》林越
《历代吟谱》蔡传　《艺苑雌黄》严有翼　《吟窗杂录》陈应行
《全唐诗话》尤袤　《深雪偶谈》方岳　《吴氏诗话》吴子良

足见宋代论诗之风的盛行了。但是吴乔却说："唐人精于诗，而诗话则少；宋人诗离于唐，而诗话乃多。"就其诗话的本身来说，它们很少论到诗的做法与修辞的，大都就各人的主见来信笔作抽象的议论，并且杂录许多不紧要的议论与事实。其中较有一贯的主张的，要算严羽的《沧浪诗话》了。他以妙悟为主，以禅理说诗，主张效法盛唐，他说：

> 论诗如论禅，汉、魏、晋与盛唐之诗，则第一义也。大历以还之诗，则小乘禅也，已落第二义矣。晚唐之诗，则声闻辟支之果也。……大抵禅道在妙悟，诗道亦在妙悟。……惟妙悟乃为

> 当行,乃为本色,然悟有浅深,有分限,有透彻之悟,有但得一知半解之悟。汉魏尚矣,不假悟也。谢灵运至盛唐诸公透彻之悟也。他虽有悟者,皆非第一义也。……夫诗有别材,非关学也,诗有别趣,非关理也。……盛唐诗人,惟在兴趣,羚羊挂角,无迹可求。故其妙处透彻玲珑,不可凑泊。如空中之音,相中之色;言有尽而意无穷。近代诸公,乃作奇特解会,遂以文字为诗,以才学为诗,以议论为诗;夫岂不工,终非古人之诗也。

他的"言有尽而意无穷"和欧阳修、梅圣俞所标举的"含蓄不尽"虽大同而小异,他的所谓意无穷者便是妙悟的意思了。《四库全书总目提要》称他"要其时宋代之诗竟涉论宗,又四灵之派方盛,世皆以晚唐相高,故为此一家之言,以救一时之弊,后人辗转流水,渐至于浮光掠影,初非羽之所及知,誉之者太过,毁之者亦太过也。"那么,他的议论的出发点和欧阳修所主张是站在同一条战线上的。

其后宋亡元初的时候,方回有《瀛奎律髓》一书。清吴之振评这书为"其诠释之善,则不滥于饾饤而疏瀹隐僻,其论世则考其时也,逆其志意,使作者之心千载犹见,其评诗则标点眼目,辨别体裁,使风雅之轨,后学可寻,斯固诗林之指南,而艺圃之侯鲭也。"他所以作这书,完全是推崇江西诗派的,以诗分类来选,共辟四十九类。每类有一篇小序。他推崇杜甫又推崇陈简斋而标举"高格"。他以为"诗先看格高而语又到,意又工,意到语工而格不高次之,无格无意又无

语,下矣。"他又说他选诗的体例:

　　老杜为唐诗之冠,黄、陈为宋诗之冠,嗣黄、陈而恢复悲壮者,陈简斋也。流动圆活者,吕居仁也;清劲洁雅者,曾茶山也;七言律,他人皆不敢望此六公,若五言律诗,则唐人之工者无数,宋人当以梅圣俞为第一。平淡而丰腴,舍是则又有陈后山也。此余选诗之条例,所谓意眼法藏也。

此时元好问有论诗绝句三十首,从汉、魏一直论到宋末,他主张风力清刚,不加雕琢,所以诗中说:

邺下风流在晋多,壮怀犹见《缺壶歌》。
风云若恨张华少,温李新声奈尔何?

一语天然万古新,豪华落尽见真淳。
北窗白日羲皇上,未害渊明是晋人。

沈宋横驰翰墨场,风流初不废齐梁。
论功若准平吴例,合著黄金铸子昂。

望帝春心托杜鹃,佳人锦瑟怨华年。

诗家总爱西昆好,独恨无人作郑笺。

百年才觉古风回,元祐诸人次第来。
讳学金陵犹有说,竟将何罪废欧梅。

他对于唐、宋诗人的评价可以在此略见一斑了。翁方纲对于这三十首论诗诗,曾下过评注,但他的影响没有严羽影响后代那么大。

明代高棅有《唐诗品汇》,就五七言之中,分"正始"、"正宗"、"大家"、"名家"、"羽翼"、"接武"、"正变"、"余响"、"旁流"九种。他的议论与严羽同样以辨别各家体裁为学诗第一步工夫,而和方回的《瀛奎律髓》相反。

此后,明代前后七子以模拟为事,但也拿一种理论来做幌子,即所谓"格调"、所谓"才气"。王世贞的《艺苑卮言》中说:"才生思,思生调,调生格,思即才之用,调即思之境,格即调之界。"而李东阳更进而论到猜诗:

诗必有具眼,亦必有具耳。眼主格,耳主声。……费侍郎廷言尝问作诗乎?予曰:试以所未见诗,即能识其时代格调,十不失一,乃为有得。费殊不信。一日与乔编修维翰,观新颁中秘书,予适至,费即掩卷问曰:请问此句诗也?予取读一篇,辄曰唐诗也。又问予何人?予曰:须看两首,看毕曰:非白乐天平,于是二人大笑,启卷视之,盖《长庆集》。

这种工夫实在不容易做到,同时也不必做的,像他们这样论诗,真是钻到牛角尖里去了。

当时反派模拟一派的,是公安、竟陵两派,即袁宏道、钟惺、谭元春一辈,公安派主张"代有升降,而法不相沿,斯为可贵。"而钟惺的《诗论》更张其辞:

> 诗,活物也,游夏以后,自汉至宋,无不说诗,不必皆有当于《诗》而皆可以说《诗》。其皆可以说《诗》者,即不必有当于《诗》之中,非说《诗》者能之能如是,而《诗》之为物,不能不如是也。……后之视今,亦犹今之视昔,何不能新之有?

又在《诗选》序中说道:

> 非谓古人之诗,以吾所选为归,庶几见吾所选者,以古人为归也。引古人之精神,以接后人之心目,使其目有所止焉,如是而已矣。昭明选古诗,人遂以其所选者为古诗,因而名古诗曰选体,乌乎!非惟古诗亡,几并古诗之名而亡之矣。

这种议论,完全是准对前后七子的复古而发的,对于后来的影响也不小。其实,他们的目光,自比七子高明得多了。

　　清代钱谦益他力主效法杜甫,反对七子的格调说,但也不赞成公安、竟陵的怪僻,他论诗,处处以杜甫为圭臬。他对杜甫诗也用过苦工,有《读杜小笺》一书。但他又崇尚李东阳,题李氏《怀艺堂诗话》说:

　　　　近代诗病,其证凡三变:沿宋元之窠臼,排章俪句,支缀蹈袭,此弱病也;剽唐选之余渖,生吞活剥,叫号隳突,此狂病也;授郊原之旁门,蝇声蚓窍,晦昧结骨,此鬼病也。救弱病者,必之乎狂,救狂病者,必之乎鬼。

这见解倒是对的。而此时王船山(夫之)却另作一种议论,反对有门户派别之见,所以他鄙视七子竟陵,以为诗在乎感人,不能感人的,便非好诗:"诗可以兴,可以观,可以群,可以怨,尽矣。辨汉魏唐宋之雅俗得失以此。"又说:

　　　　建立门庭,自建安始,曹子建铺排整饬,立阶赚人升堂,用此致趋赴之客,雷同一律;子桓精思逸韵,以绝人攀跻,故人乐从。

正因为他生在明末,身当亡国之悲,所以他的论诗,也着眼于它的感慨与率真,而不在乎绮靡取巧了。

当时为钱谦益所契重的,是王渔洋(士禛)。他提出"神韵"两字当诗中的三昧。所谓"神韵",其实即是《诗品》中的"不着一字,尽得风流"和严羽的"羚羊挂角,无迹可求"的理论里变化出来的。他在《渔洋诗话》里也说:"余于古人论诗,最喜钟嵘《诗品》,严羽《诗话》。"他的诗论是"直取性情,归之神韵。"《师友传习录》中载他的话道:

> 《尚书》云:诗言志,歌永言,声依永,律和声,此千古言诗之妙谛真诠也。故知志非言不形,言非诗不彰,祖诸此矣。何谓志?"石韫玉而山以辉,水怀珠而川以媚"是也。何谓言?"其为物也多姿,其为体也屡迁,其会意也尚巧,其遣词也贵妍"是也。何谓诗?"既缘情而绮靡,亦体物而浏亮","播芳蕤之馥馥,发青条之森森"是也。昌黎曰:诗正而葩,岂不然欤?

所以他以为三百篇之"温柔敦厚"即一切诗的法则。徐乾学《十种唐诗选序》中称王渔洋之说,"足知后人之赞叹踊跃者,皆当时动色相戒,唯恐稍涉凌厉,有乖温柔敦厚之旨,亟亟乎其敛而抑之也。"他也有《论诗绝句三十五首》,《石州诗话》(翁方纲)称,"二十九岁作与遗山(元好问)之作皆少壮,然二先生一生识力,皆具于此,未可仅以少作目之。"这三十五首自建安说起,例如他的:

风怀澄淡推韦柳,佳处多从五字求。
解说无声弦指妙,柳州那得并苏州?

挂席名山都未逢,浔阳喜见香炉峰。
高情合爱维摩诘,浣浣为图写孟公。

足见他推服王、孟、韦、柳的神韵淡荡了。在宋诗之中,他最佩服黄庭坚,他的诗中说:

涪翁掉臂自清新,未许传衣蹑后尘。
却笑儿孙媚初祖,强将配食杜陵人。

其后渔洋之说又为翁方纲与赵执信等所抨击,沈德潜出而又主"温柔敦厚",迄袁枚出,则力反对此说,而倡"性灵"。他以为"凡诗之传者,都是性灵,不关堆垛","诗道最宽,有读破万卷不得阃奥者,有妇人女子村氓浅学偶有一二句,虽李杜复生,必为低首者"。他也有论诗的诗说:

天涯有客号聆痴,误把抄书当作诗。
抄到钟嵘《诗品》日,该他知道性灵时。

他"性灵"两字,从杨万里语中得来的,《随园诗话》引杨氏的话:"格调是空架子,有腔口易描;风趣专写性灵,非天才莫辨。"他不但能说这话,而且也会实行;王昶《湖海诗传》中说:

> 子才来往江湖,太丘道广,不论贵郎、蠢夫,互相酬和,又取英俊少年著录为弟子,授以《才调》等集,挟之以游东诸侯,更招士女之诗画者十三人绘为投诗之图,燕钗蝉鬓傍柳随花,问业请前,而子才白须红鸟,流盼旁观,悠然自得,亦以此索留涂之题句,于是人争爱之,所至延为上客。

但是他的议论与行事颇为当时人与后人的鄙视。沈德潜和他同时,他们两个常常互相力争。《随园文集》有好几封与沈大宗伯的信,可以见到他批评"温柔敦厚"的议论:

> 所云诗贵温柔,不可说尽,又必关系人伦日用,此数语大有褒衣大袑气象,仆口不敢非先生而心不敢是先生,何也?戴经不足据也。惟论语为足据。子曰:"可以兴,可以群",此指含蓄者言之,如《柏舟》、《中谷》是也。曰:"可以观,可以怨",此指说画者言之,如"艳妻煽方处,投畀豺虎"是也。曰"迩之事父,远之事君",此《诗》之有关系者。也曰:"多识于鸟兽草木之

名",此《诗》之无关系者也。仆读诗,常折衷于孔子,故不得不异于先生。

其后章学诚很反对他的说法,但是崇仰他的人却依旧很多,因为他放纵不羁,反对唐宋诗的界限,反对一切空格调及一切堆砌是很有卓见的。他的做诗,也是随兴会所至,他的论诗,也是他个人性灵的表现,较之拘泥于诗的形式及诗的体制的议论超轶而自然得多。所以姚鼐挽袁枚的诗说:

点缀江山成绮丽,风流冠盖竞攀追。
烟花六代销沈后,又到随园感旧时。

民国以后,论诗又一巨变,以前的一切格调均在摒弃之列,而另辟一新的途径,诗的优劣,着眼于感情的浓淡和声律的和谐,那么,袁枚的见解,在现在看来,是比较有理而值得崇扬的一种。

第二十章
旧诗之病与诗的新途径

旧体诗据一般爱好的人们的评价,是抒写性情的上品,但是一般自命为新文学者看来是一件畸形的东西。但是公允地说,中国几千年来诗的潮流一直澎湃到清季——也可以说到现在,每代都有值得称赞的名作与名作者,它的优点是不能一笔抹杀的。以前所举的例子大部分是佳作。然而旧诗如果没有什么劣点,如何会有新诗的产生呢?原来旧诗的坏处在于拘于形式,有许多好题材、好诗意为这些桎梏所牺牲了,我们姑且先讨论旧诗上的许多诗病吧。

沈约所标举的"八病"其实并非诗病,而是加诗以束缚使它走上病态之路的原动力。我们指斥旧诗之病,应当着眼于它的流弊一方面的。

旧诗的第一种病,当然是格律的束缚,每句有一定的调子,要作者硬凑入这调子里,自是不容易的事。有经验、有天才的人或许会超越这拘束,或者不以这拘束为可怕,自从八病之说出而桎梏更甚。例如,"青青河畔草,郁郁园中柳",本来是很好的诗句,而沈约硬说它犯了"上尾"的病,说是"草"与"柳"同"上"声,不能连用。如此一来讲格律,便得牺牲一句了。又如《儒林外史》上所说的"诗人"之诗"桃花何苦红如此,杨柳忽然青可怜",对是工了,声调是调和了,可是毫无趣味,只觉其可笑,而有人劝他在第一句上加一个"问"字倒是一句好诗。其实这话却有些见解,可是规定七字一句的诗哪里容得他变成八字一句呢?所以旧诗中往往有许多费解的语句,例如:

转帘残月影,高枕远江声。

中的"残"字与"远"字,还是动词呢,还是形容词?还是"月影"因"卷帘"而"残","江声"因"高枕"而"远"呢,还是上句省了一个"见"字,下句省了一个"闻"字。使人看了不容易明白,为了顾全格律便不得不有这种流弊了。

其次是用韵的规定,用韵本是自然的现象,但是规定太严往往成病,如韩愈的《石鼓歌》用的是歌韵,因为这一韵中的字不够他用,不敢再妄自出韵,于是便有许多晦涩的诗句,如"字体不类隶与蝌"。将"蝌蚪文"一个名割了上半截去。"古鼎跃水龙腾棱"也不明白。"为我度量掘臼科"、"安置妥帖平不颇"、"讵肯感激徒媕婀"、"无人收拾理则那"等等句语都有可商斟的余地。但是一般道学者却尊之

第二十章 旧诗之病与诗的新途径

为"善用险韵"。《安禄山事迹》记载着一个故事：

> 史思明本不识文字，忽然好吟诗，每就一章，必释宣示，皆可绝倒。尝欲以樱桃赐其子朝义及周贽，以彩笺敕左右书之，曰："樱桃一笼子，一半赤，一半黄，一半与怀王，一半与周贽。"小吏龙谭进曰：请改为"一半与周贽，一半与怀王，则声韵相协。"思明曰："韵是何物，岂可以我儿在周贽下乎？"

但是以"子"和"贽"字相协，也何尝不可以呢？韵的规定，往往使文人舍己意以协韵，这也是一极大的流弊。

其次，是用典的流弊，用典原是引用的流变，而非并求其典雅，有人推崇杜甫的诗，说他每句每字都有来历，其实，字字有来历，语语有来历，有什么好处呢？《文心雕龙》：

> 事类者，盖文章之外，举事以类义，援古以证今者也。

这可以证明后来人用典之错误了。堆砌之病不但使文章不能动人，反而更使它变成不通。但是后人忘了刘勰"虽引用古事，而莫取旧辞"的话，反以抄袭为能事。而黄庭坚复创"换骨"、"夺胎"之说，所以王若虚驳他道：

> 鲁直论诗,有夺胎换骨,点铁成金之喻,世以为名言,以予观之,独剽窃之黠者耳。鲁直好胜,而耻其出于前人,故为此强辞,而私立名字。夫既已出于前人,纵复加工,要不足贵,虽然,物有自然之理,人有同然之见,语意之间,岂容全不见犯哉?盖昔之作者,初不校此,同者不以为嫌,异者不以为夸,随其所自得,而尽其所当然而已。

这论议很足,以作一般因袭者的教训,《渔洋诗话》中说:

> 往年董御史玉虬外迁陇右道,留别余辈诗云:"逐臣西北去,河水东南流",初谓常语,后读《北史》,魏武帝西奔宇文泰,循河西行,流涕谓梁御曰:"此水东流,而臣西上。"乃悟董语本此,深叹其用故之妙。

其实即是常语,也何尝不妙,作者是否存心用典,尚不可知,而读者偏要寻章摘句,以古相尚,于是诗病更深,不可救药了。即使董语本于《北史》,那么《北史》又本于何人呢?

其次病在对偶。对偶之弊,专事讲对仗,专事求工切,将原来的诗意丢弃了。王安石便是一个以讲对仗出名的人。他的诗往往对偶工切而不讲诗趣。而律诗之三四两句五六两句一定需对偶,往往使作者发生"辞费"与"合掌"的毛病,章学诚反对文章的对偶,也说往往一言可尽的偏要写成二言,三句足尽的往往骈作四句,这是对偶的流弊。从前有一个故事,说有人做诗,其中有两句道:"舍弟江南死,家兄塞北亡。"别人替他可怜,他说并无此事,为求对偶之工,不得不如此做法。工对偶的人往往有这种流弊的。

就一般作旧诗人的通病而言,也有几种很大的错误,一种是喜欢求古,一种是喜欢模仿,另一种是无病呻吟,另一种颂功歌德。

喜欢求古,是诗人的通病,所以文准秦、汉,诗准盛唐的议论便盛行了。杨慎的《升庵诗话》论诗道:"宋诗不及唐",其原因在于"唐诗人主情,去三百篇近,宋诗人主理,去三百篇远"。他的议论中以为"宋人主理"已是可笑的迂见,以远近三百篇来做诗优劣的论断,更为可笑。但诗人贵古之心,也于此可见了。诗贵古,于是做诗字字求其出处,句句步趋前人。于是闭门觅句刻意苦吟,唐人偶一做了奇僻的诗,如卢延让的"两三条电欲为雨,七八个星犹在天。"而宋代黄山谷便专学这种,"十度欲言九度休,万人丛中一人晓"了。这是慕古的病。

因为慕古,便力事模拟,模拟的人或偷古人的诗句,流而为集句之诗,或者亦步亦趋,老实说出是拟古。魏晋间诗人多喜欢作拟古诗,而陆机为最多。而所拟之诗,大抵是无病呻吟的,例如他的《拟明月皎夜光》:

岁暮凉风发,昊天肃明明。招摇西北指,天汉东西倾。

朗月照闲房,蟋蟀吟户庭。翻翻归雁集,嘒嘒塞蝉鸣。
畴昔同宴友,翰飞戾高冥。服美改声听,居愉遗旧情。
织女无机杼,大梁不架楹。

完全是假骨董,一丝也没有真意。当时大概拟诗是一种普通的风气,即旷古超逸的陶潜也有拟古诗,当然这种诗在他集子里是足以为全集之玷的。

但是以后的诗人更聪明了,好古而不肯老实地说出拟古来,只在句中加以剽袭,于是唐袭六朝,宋袭唐人,明人又总六朝唐宋而袭之。哪里还会有佳辞妙句呢。《戒庵漫笔》中说:

> 秋官马清痴《颗蚕豆诗》云:"蚕忙时节豆离离,烂煮堪充老肚皮。却笑牡丹如斗大,可能结实济人饥。"宋时王文康公诗云:"枣花至小能成实,桑叶虽柔能吐丝。堪笑牡丹如斗大,不成一事只空枝。"马作盖本于此。

这是抄袭的一个证据,又《山樵暇语》:

> 张以宁《咏白头翁》云:"蜀魄啼时吻血流,断云荒树不胜愁。山禽不管人间事,也向春风自白头。"徐天全云:"世人头易白,应只为多愁。何事花间鸟,无愁也白头?"一语简而工,白乐

天《白鹭诗》云："人生四十未全衰，我为愁多白发垂。何故水边双白鹭，无愁头上亦垂丝？"乃知天全语本此。

这又是剽窃的一个证据。

中国诗自魏晋以后，完全为士大夫阶级所把持，所以内容大抵是士大夫阶级的生活情形，很少有写及一般大众的，杜甫的《茅屋为秋风所破歌》也只同情于同他一般的贫士，"朱门酒肉臭，途有饿死骨"，也不曾将大众切实的苦痛写出来，白居易的新乐府，只是讽刺君王善政的东西，也没有切实写述民间的苦乐。范成大将田家写成有诗意的环境，只见它的阳面而不曾写出它的阴暗面，所以一切诗歌，完全分作两个支流，而所谓旧体诗，完全是一般士大夫阶级所制、士大夫阶级所欣赏的。因此，便发生了两点作用，一是怀才不遇，二是歌颂功德。孟浩然做了"不才明王弃，多病故人疏"两句，以致触怒了帝王，终身落拓，而一般文人做诗之时往往搀入许多恭维的话，"圣朝无阙事，自觉谏书稀"，"近侍归京邑，移官岂至尊"，"欲济无舟楫，端居耻圣明"，"为乘阳气行时会，不是宸游玩物华"，"空将迟暮供多病，未有涓埃答圣朝"。这些却是恭维而没有意思的话，尤其是应制之作，更无意义。偏是帝王喜欢人臣做诗来歌颂他，所以在其间往往容易闹笑话，《东斋记事》：

赏花钓鱼赋诗，往往有宿构者，天圣中，永兴军进山水石适至,会命赋山水石,其间多荒恶者,盖出其不意耳。中坐,优人入戏,各执笔若吟哦状,其一人忽仆于界石上。众扶掖起之,既起曰:"数日来作赏花钓鱼诗,准备应制,却被这石头擦到"。左右皆大笑。

足见一斑应制诗的靠不住了。但当时在专制制度之下,人臣莫不以此种风气为正当,既乏性灵,又嫌肉麻,至于怀国,如陆游之诗,反而有真情流露出来:

梦里都忘困晚途,纵横草疏论迁都。
不知尽挽银河水,洗得平生习气无?

这种悲愤,"一寸丹心空许国,满头白发却缘诗"真实的自由,却比上例歌颂功德的有价值得多了。但是除陆游以外,很少有做到的,例如南宋张琰的"男儿当野死,岂为印如斗",也是反恭维的豪壮语。

旧诗既然给人们以如此的印象,难怪近人没有什么好评了。所以长此下去,旧诗的没落是毫无可疑的,因为宋代的词,元代的曲,已是诗的革新了。到了现代,非完全改造一下不可,于是新诗便应运而生。这也是自然的趋势。但在新诗未成立堡垒、旧诗已经崩溃之间,便容易产生一种彷徨的现象。如果肯努力,去找出一条新的诗之途径,那么,我们可以采旧诗之所长,改旧诗之所短而另成立一种新的文体。今日之诗,我们先得确立它一个原则。我以为诗的要素一是性灵之表现,无论以哪种形式来表示都可以,只忌枯燥而乏味,新诗也要着重于这一项,除了史诗与记事诗之外。第二,是音乐上的美,就是诗必须是含有音乐性的文艺形式,它的节奏,一定有一种悦耳的音调,但不一定拘拘于某一格式;尽可以由作者自己去配置,不过以不损害他发表的思想事实或感情为原则。也不一定求和谐,即是几阕之间不必有一定的调子。第三,是要大众的文学,而不是某一个阶级的文学,所以他的文字,不必求其典雅,也不必故意求易或者求怪僻,要适合于此时此地的条件。第四,它是主观的文学,而不是客观的文学,作者正不妨用自己的主张来制作,用自己的性灵来抒写,不必拘泥于世俗的好恶,于是诗才有真正的价值,才能走上新兴的路。

但是新诗应如何进展呢?我认为,第一步得与民歌联系起来。民歌在各处已深入于民间了,它为大众所歌唱,是大众精神上的食粮,它包含有大众的疾苦和喜乐,也有记述一个民间共知的故事的(《孟姜女万里寻夫》),也有记述民间劳作的辛苦的,也有写民间的风俗的,整个大众的心绪都在这里面表现出来。文人们所作的诗,往往为大众所不喜欢歌唱,但是如果能将民歌拿来细细研究一下,或者将值得做诗的题材拿来应用再写成新诗,或者利用民歌的格式用新的思想来灌输进去,使它成为大众的读物。现在内地在讨论民族文学形式,大家以为诗歌是最适当的题材,也是由于诗歌接近民间歌谣的缘故。我们在今日不应再使士大夫阶级在诗歌里划出一个圈子,我们要使庙堂的、大众的打成一片。

次之,除了使诗歌大众化以外,更得吸收利用旧诗写情抒事之长处。旧诗的形式固然足以摒弃,而其中许多巧妙的手法与结构很可以取法的。例如上面介绍的徐志摩的新诗《苏苏》,其中有许多重复的地方,一首译诗也有重复的地方。这与《诗经》上的重复很有关系。因为重复可以使句语增加力量,也可以加强感情的感染性,这便是取法旧诗的一个好例。又如旧诗怀古,往往今昔作一对比,这在文章上也是如此,因为不如此不大容易表达出感时的情绪来的。这种方法,须在旧诗之中加以研究,方才可以得到做诗的大概法则,信毛乱写,在有天才的人写来自然毫无问题,但一般作者是不得不加以研究的。

新诗在现在还是一个婴儿,它承受了几千年来旧诗的遗绪(这句话我们不能否认,因为新诗的产生和旧诗也有相当的关系,例如清代金和的改革旧诗,实在已是新的革命的先声了。而且新诗的制作,也是许多因承旧诗之处的),将来希望会渐渐地滋长起来而成为一种崭新的文艺形式。就现在的时代环境而论,也需要用诗歌来激起大众民族的情绪,要他们知道自己的使命,在这艰难的境地努力,尤其是几千年来被别人鄙视着的农民们。近来在许多杂志中发现许多有价值的诗歌,它们能以简单而适应于大众生活情形、适合时代环境的语句和思想表达出愤激的情绪,这是近来诗坛上很可称许的收获。以后,循着这条路走去,一定更有很大的成就的。

　　末了,我申述一下编写此书的宗旨,以没落的旧诗来占据这么许多的篇幅,而新诗只有这几页,似乎比例不大匀称。但是以诗的源流而论,即使新诗已算立定了基础,而旧诗的源流与理论却是不容忽略的,以时间来作它们的比例,这样分配也没有什么不妥当吧!而且新诗还不曾到一个总清算时期,我们只能向前去推测其发展,不能在这半途中妄下什么批评和武断的。